CW00859839

MÉTETE AL JUEGO

BLITZ DE CEREBRO

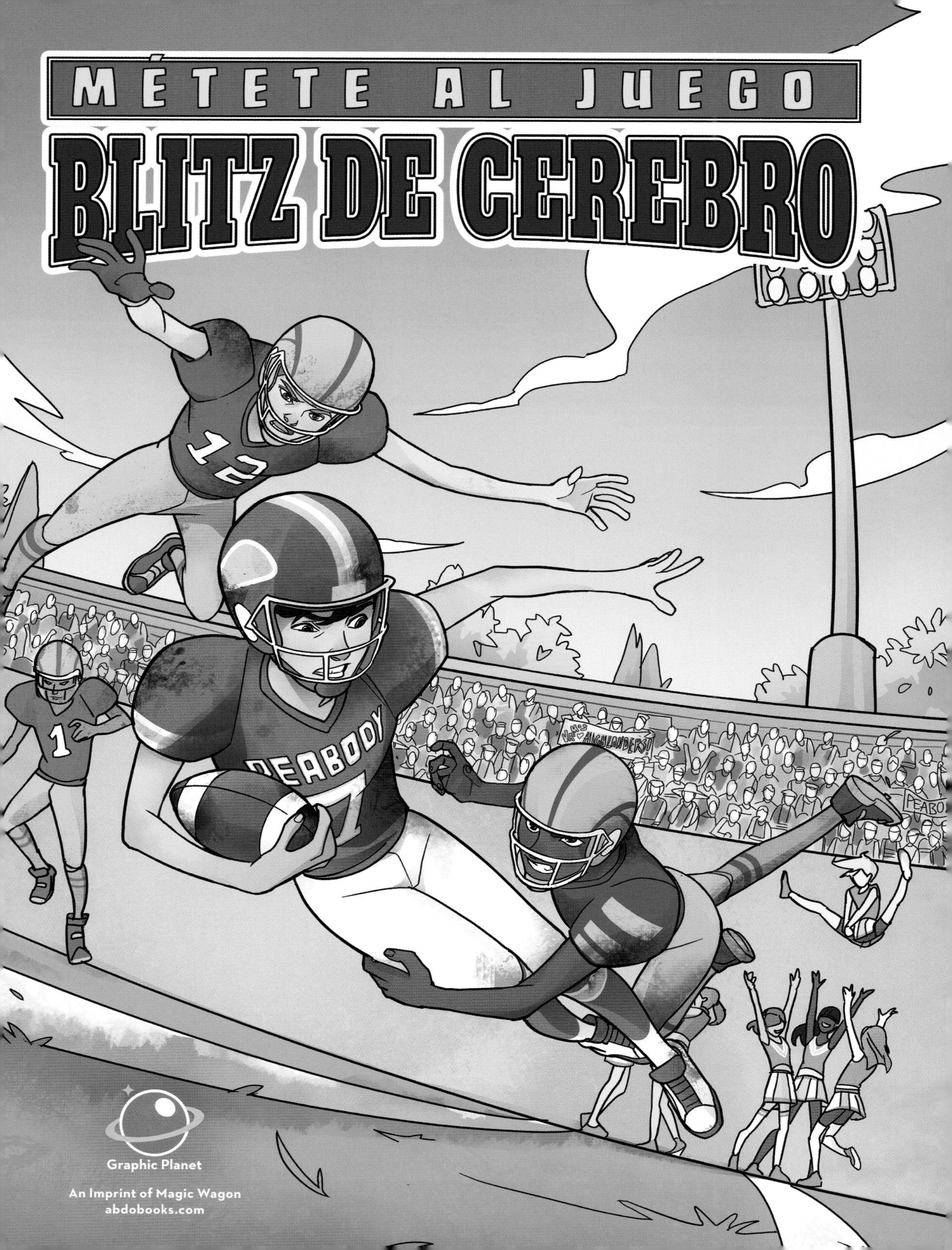
PEABODY
HIGHLANDERS!

Graphic Planet
An Imprint of Magic Wagon
abdobooks.com

abdobooks.com

Published by Magic Wagon, a division of ABDO, PO Box 398166, Minneapolis, Minnesota 55439.
Copyright © 2021 by Abdo Consulting Group, Inc. International copyrights reserved in all countries.
No part of this book may be reproduced in any form without written permission from the publisher.
Graphic Planet™ is a trademark and logo of Magic Wagon.

Printed in the United States of America, North Mankato, Minnesota.
082020
012021

Written by David Lawrence
Ancillaries written by Bill Yu
Translated by Brook Helen Thompson
Illustrated by Renato Siragusa
Colored by Tiziana Musmeci
Lettered by Kathryn S. Renta
Card Illustrations by Emanuele Cardillo and Gabriele Cracolici (Grafimated)
Layout and design by Michelle Principe and Pejee Calanog of Glass House Graphics
    and Christina Doffing of ABDO
Editorial supervision by David Campiti
Packaged by Glass House Graphics
Art Directed by Candice Keimig
Editorial Support by Tamara L. Britton
Translation Design by Pakou Moua

Library of Congress Control Number: 2019957799

Publisher's Cataloging-in-Publication Data

Names: Lawrence, David, author. | Siragusa, Renato, illustrator.
Title: Blitz de cerebro / by David Lawrence; illustrated by Renato Siragusa.
Other title: Brain Blitz, Spanish.
Description: Minneapolis, Minnesota : Magic Wagon, 2021. | Series: Mètete al juego
Summary: Tony Andia is the Peabody football team's starting quarterback. After he hits the ground hard
    during a game he just isn't himself. His friend Artie thinks Tony might have a concussion. Artie thinks he
    should tell Coach Joh. But should he get involved?
Identifiers: ISBN 9781532137860 (lib.bdg.) | ISBN 9781532138003 (ebook)
Subjects: LCSH: Football--Juvenile fiction. | Brain--Concussion--Juvenile fiction. | Sports injuries in
    children--Juvenile fiction. | Responsibility--Juvenile fiction. | Graphic novels--Juvenile fiction.
Classification: DDC 741.5--dc23

CONTENIDO

BLITZ DE CEREBRO

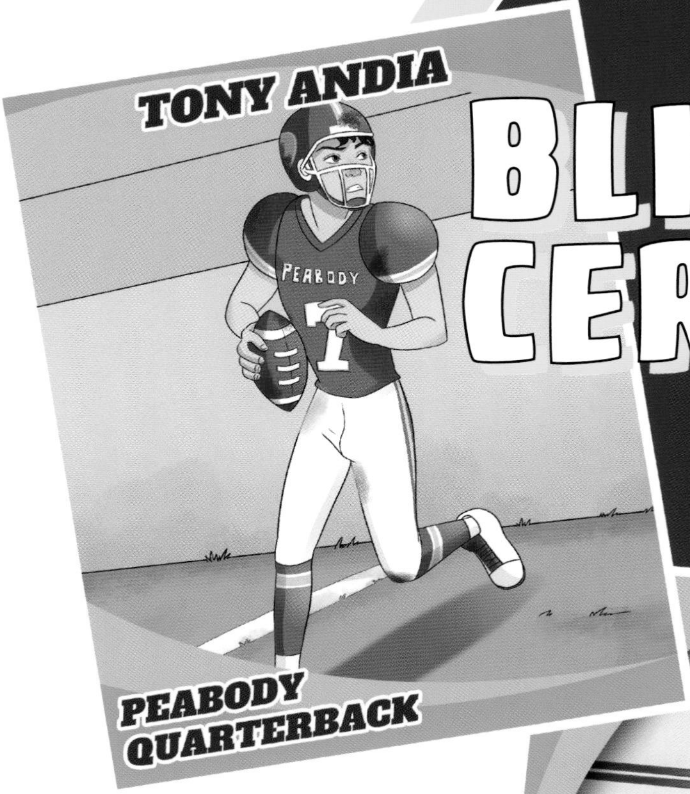
TONY ANDIA
PEABODY
7
PEABODY
QUARTERBACK

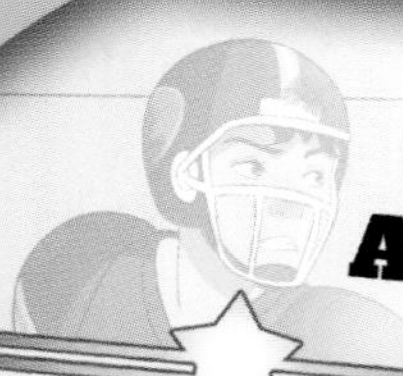

TONY ANDIA

Tony Andia, Quarterback #7

El quarterback Tony Andia sobresalió en su sola temporada como jugador titular de Peabody y espera seguir su carrera en la secundaria. Lleva #7 en honor de su estrella favorita de la NFL y el Salón de la Fama, John Elway.

RÉCORD

PARTIDOS	ATT	CMP	YDS	TD	INT
12	180	106	1392	15	6

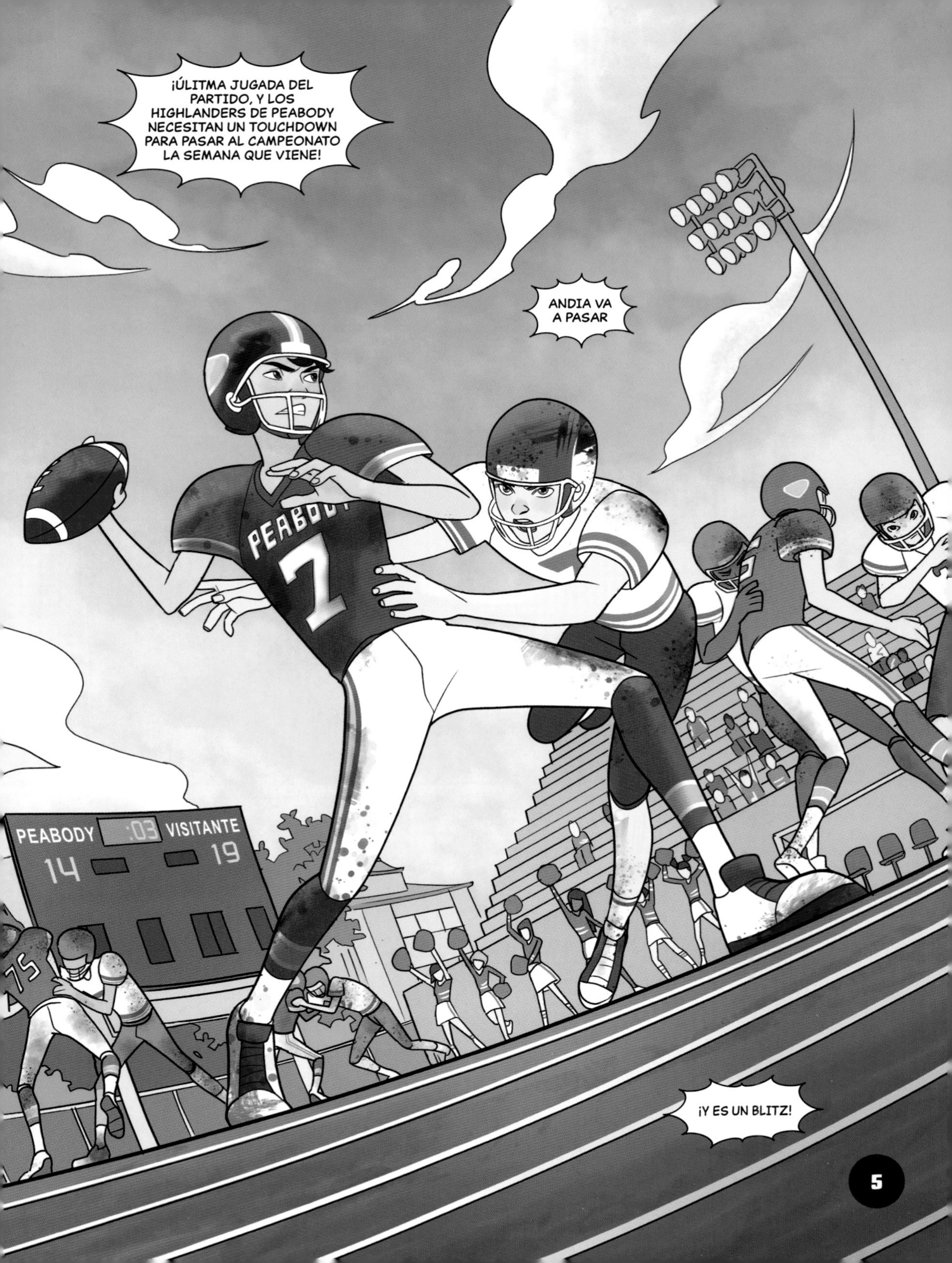
¡ÚLTIMA JUGADA DEL PARTIDO, Y LOS HIGHLANDERS DE PEABODY NECESITAN UN TOUCHDOWN PARA PASAR AL CAMPEONATO LA SEMANA QUE VIENE!
ANDIA VA A PASAR
PEABODY
7
PEABODY :03 VISITANTE
14 19
75
¡Y ES UN BLITZ!

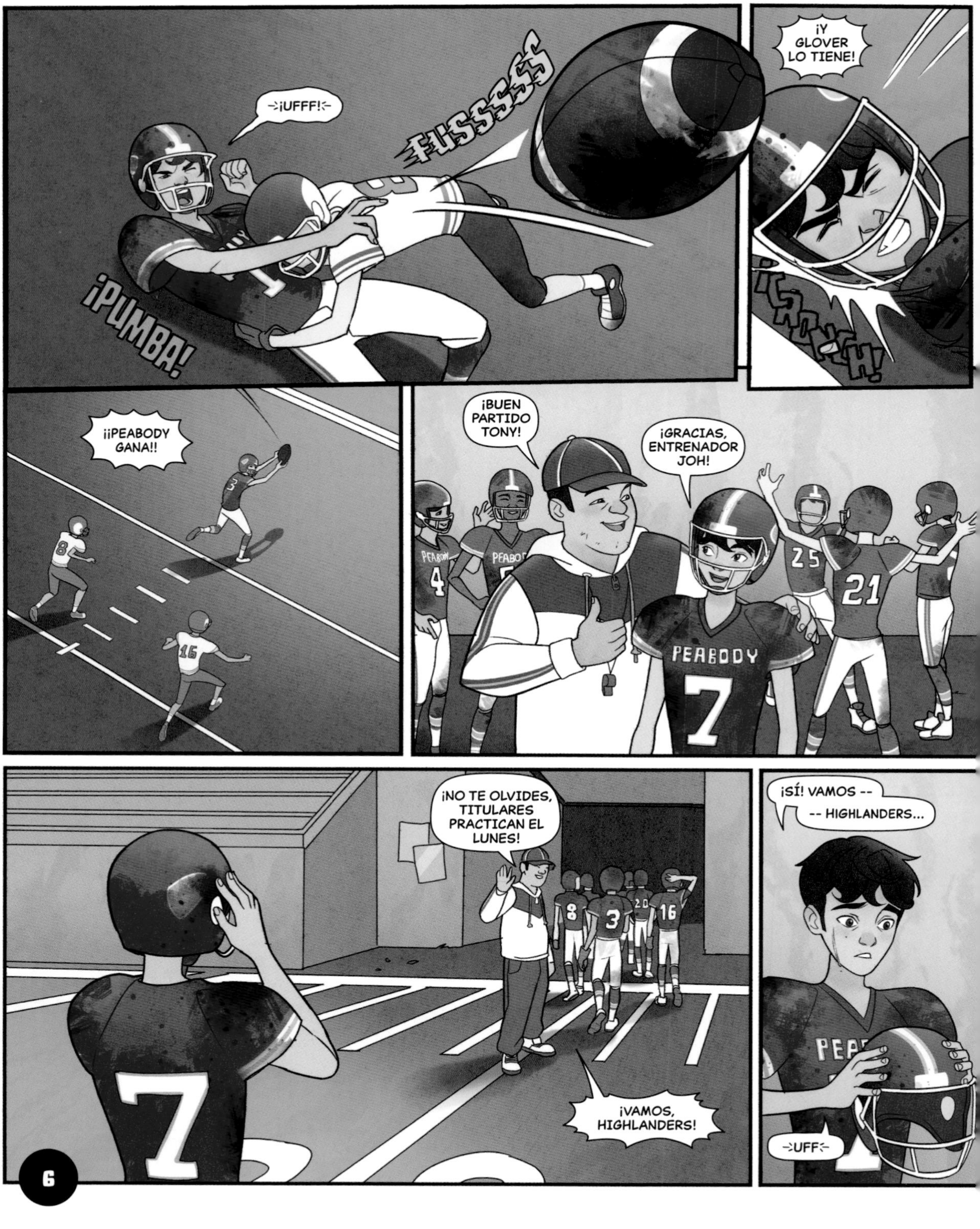

¡UFFF!
FUSSSSSS
¡PUMBA!
¡Y GLOVER LO TIENE!
¡CRUNCH!
¡¡PEABODY GANA!!
¡BUEN PARTIDO TONY!
¡GRACIAS, ENTRENADOR JOH!
¡NO TE OLVIDES, TITULARES PRACTICAN EL LUNES!
¡VAMOS, HIGHLANDERS!
¡SÍ! VAMOS --
-- HIGHLANDERS...
UFF

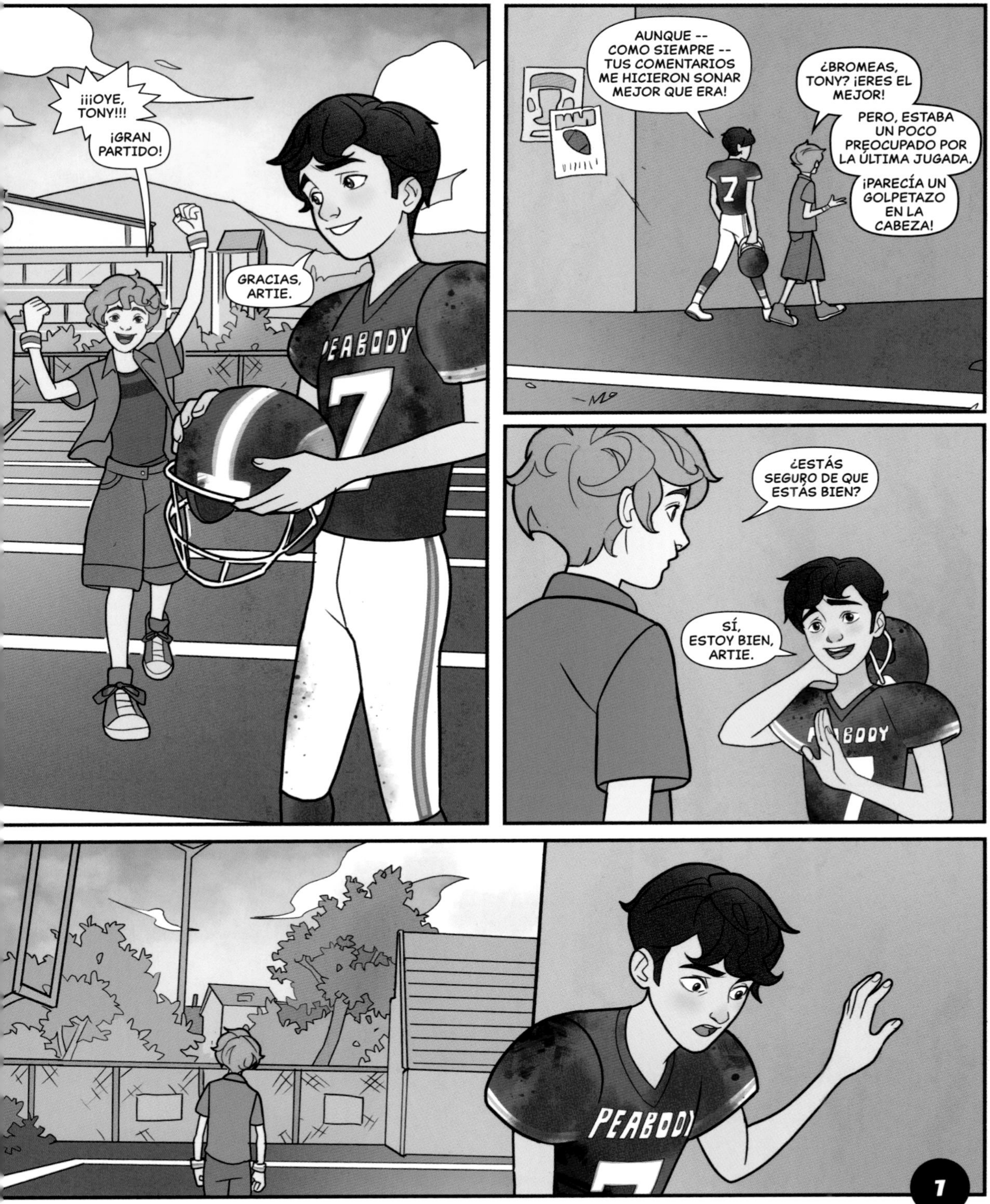
¡¡¡OYE, TONY!!!
¡GRAN PARTIDO!
GRACIAS, ARTIE.
AUNQUE -- COMO SIEMPRE -- TUS COMENTARIOS ME HICIERON SONAR MEJOR QUE ERA!
¿BROMEAS, TONY? ¡ERES EL MEJOR!
PERO, ESTABA UN POCO PREOCUPADO POR LA ÚLTIMA JUGADA.
¡PARECÍA UN GOLPETAZO EN LA CABEZA!
¿ESTÁS SEGURO DE QUE ESTÁS BIEN?
SÍ, ESTOY BIEN, ARTIE.
PEABODY
7

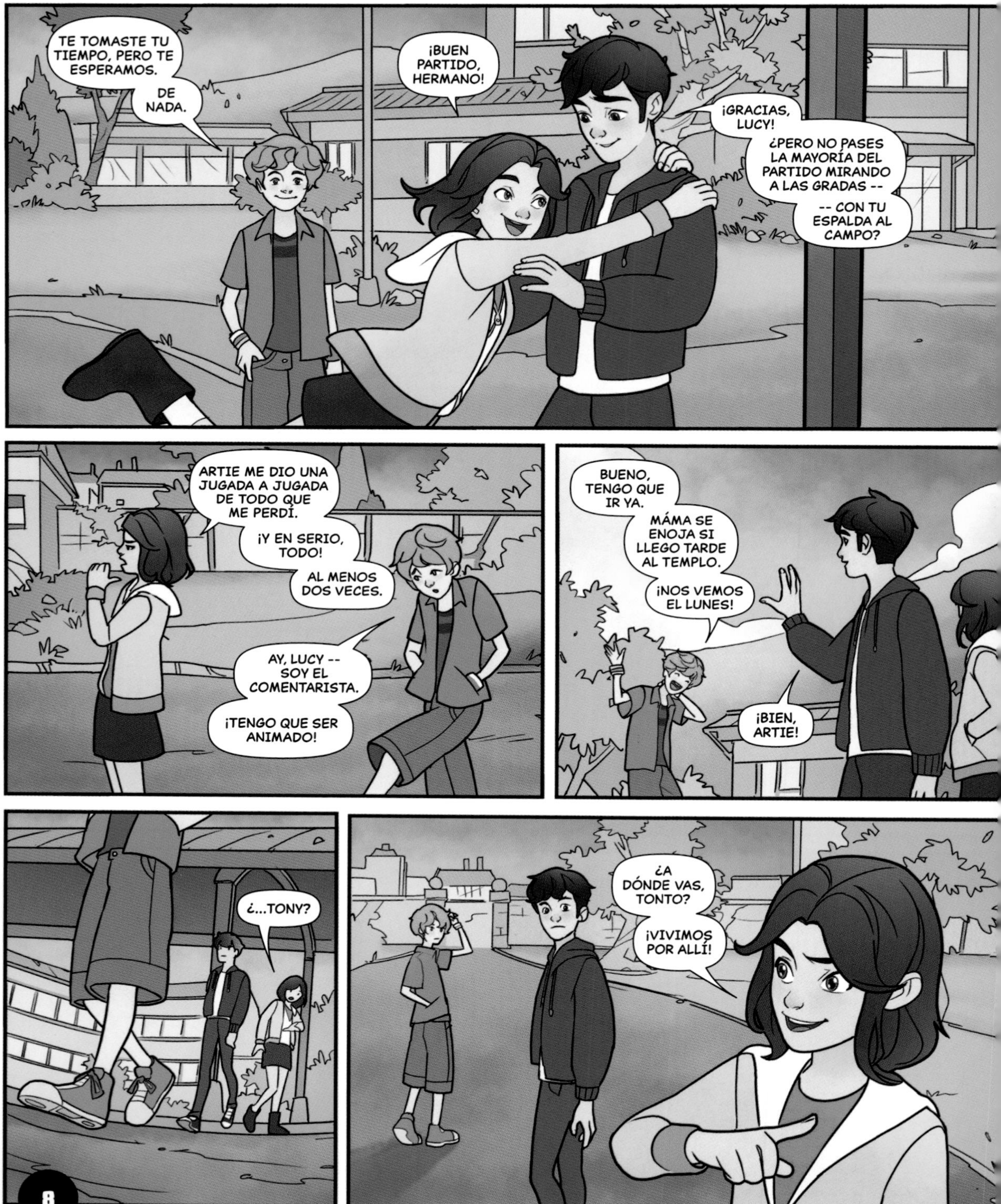
TE TOMASTE TU TIEMPO, PERO TE ESPERAMOS.
DE NADA.
¡BUEN PARTIDO, HERMANO!
¡GRACIAS, LUCY!
¿PERO NO PASES LA MAYORÍA DEL PARTIDO MIRANDO A LAS GRADAS --
-- CON TU ESPALDA AL CAMPO?
ARTIE ME DIO UNA JUGADA A JUGADA DE TODO QUE ME PERDÍ.
¡Y EN SERIO, TODO!
AL MENOS DOS VECES.
AY, LUCY -- SOY EL COMENTARISTA.
¡TENGO QUE SER ANIMADO!
BUENO, TENGO QUE IR YA.
MÁMA SE ENOJA SI LLEGO TARDE AL TEMPLO.
¡NOS VEMOS EL LUNES!
¡BIEN, ARTIE!
¿...TONY?
¿A DÓNDE VAS, TONTO?
¡VIVIMOS POR ALLÍ!

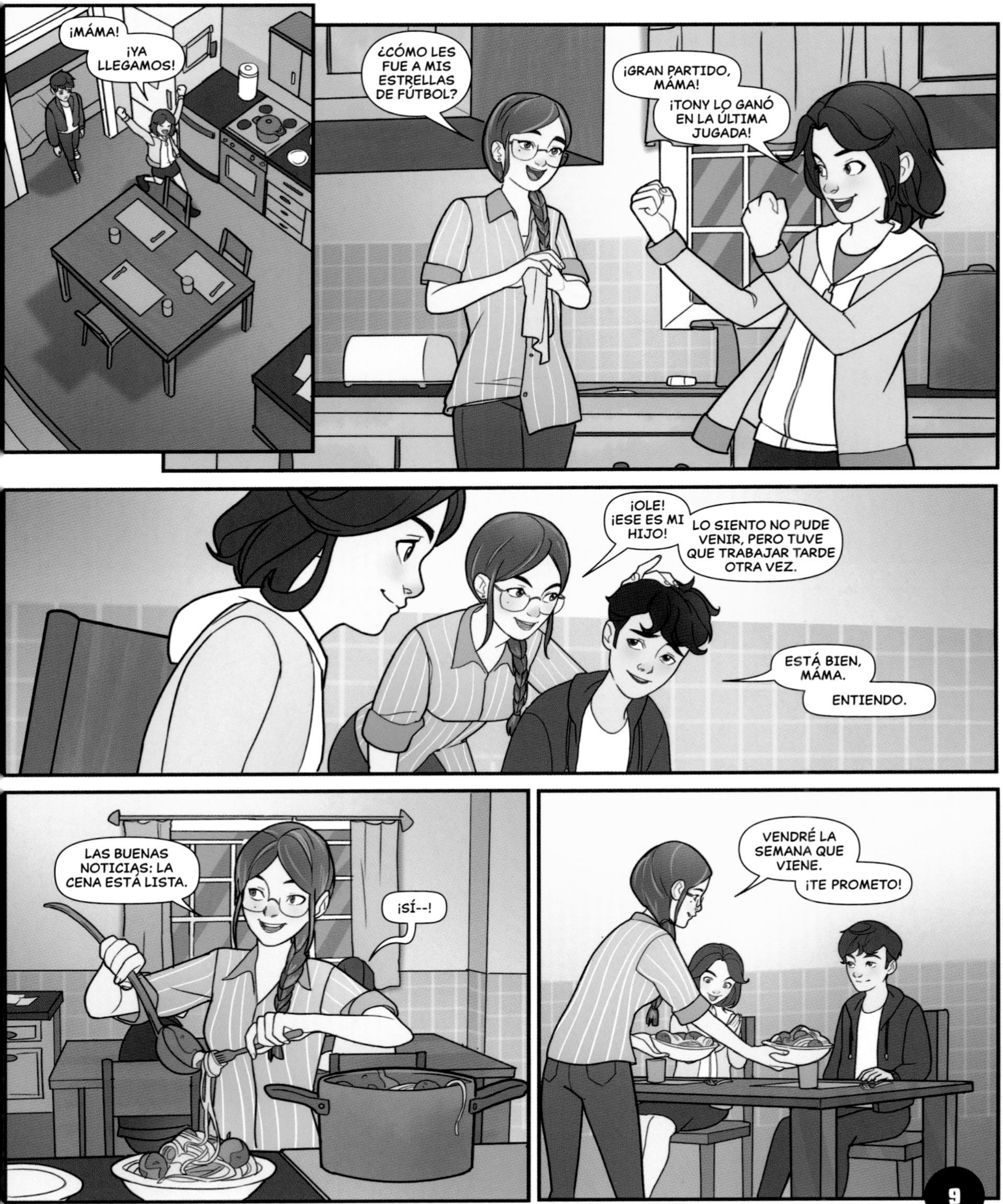
¡MÁMA!
¡YA LLEGAMOS!
¿CÓMO LES FUE A MIS ESTRELLAS DE FÚTBOL?
¡GRAN PARTIDO, MÁMA!
¡TONY LO GANÓ EN LA ÚLTIMA JUGADA!
¡OLE! ¡ESE ES MI HIJO!
LO SIENTO NO PUDE VENIR, PERO TUVE QUE TRABAJAR TARDE OTRA VEZ.
ESTÁ BIEN, MÁMA.
ENTIENDO.
LAS BUENAS NOTICIAS: LA CENA ESTÁ LISTA.
¡SÍ--!
VENDRÉ LA SEMANA QUE VIENE.
¡TE PROMETO!

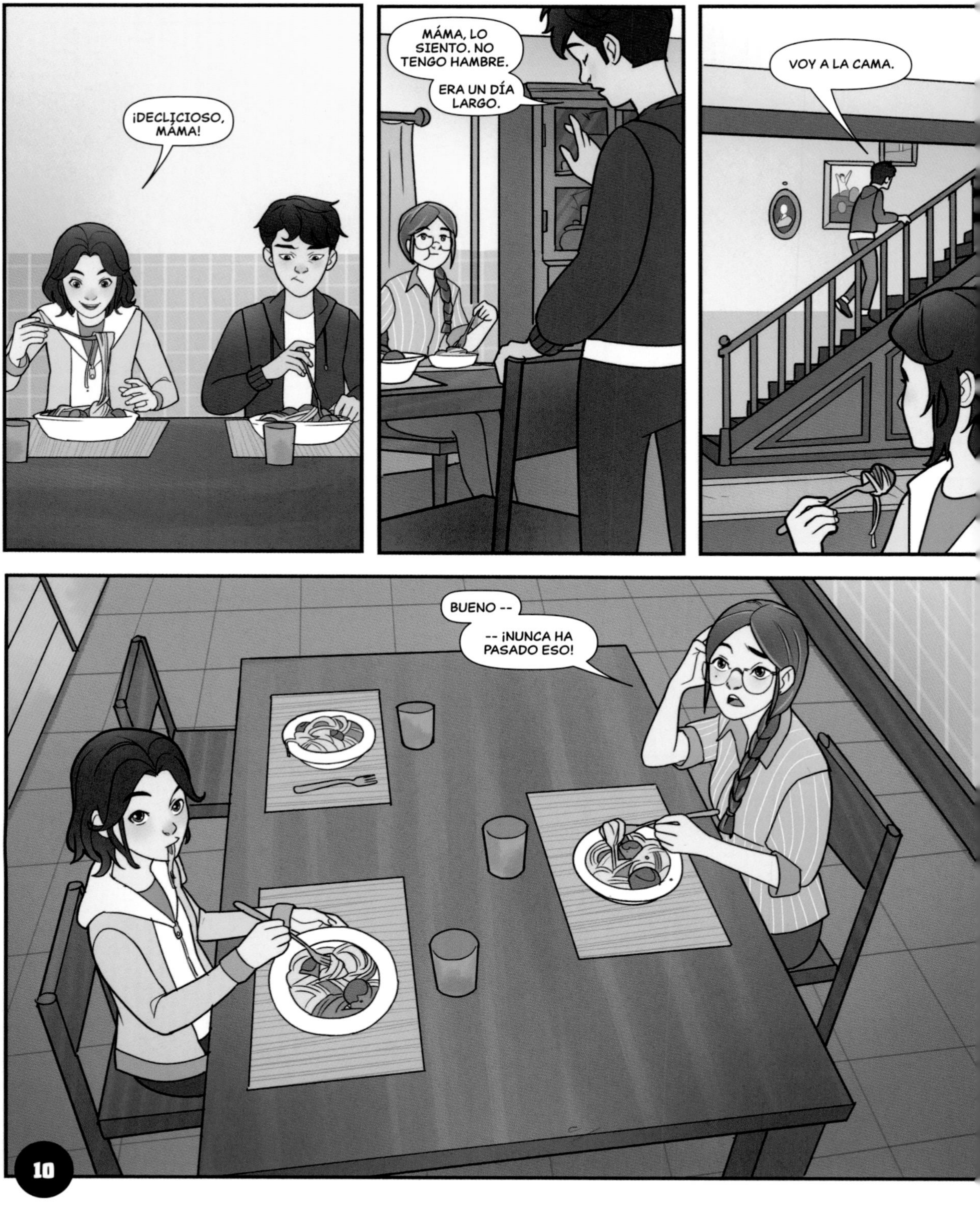
¡DECLICIOSO, MÁMA!
MÁMA, LO SIENTO. NO TENGO HAMBRE.
ERA UN DÍA LARGO.
VOY A LA CAMA.
BUENO --
-- ¡NUNCA HA PASADO ESO!

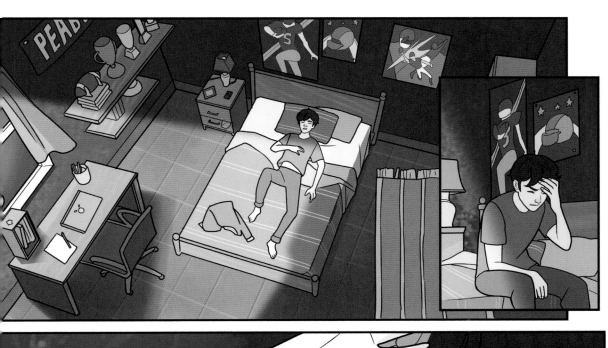

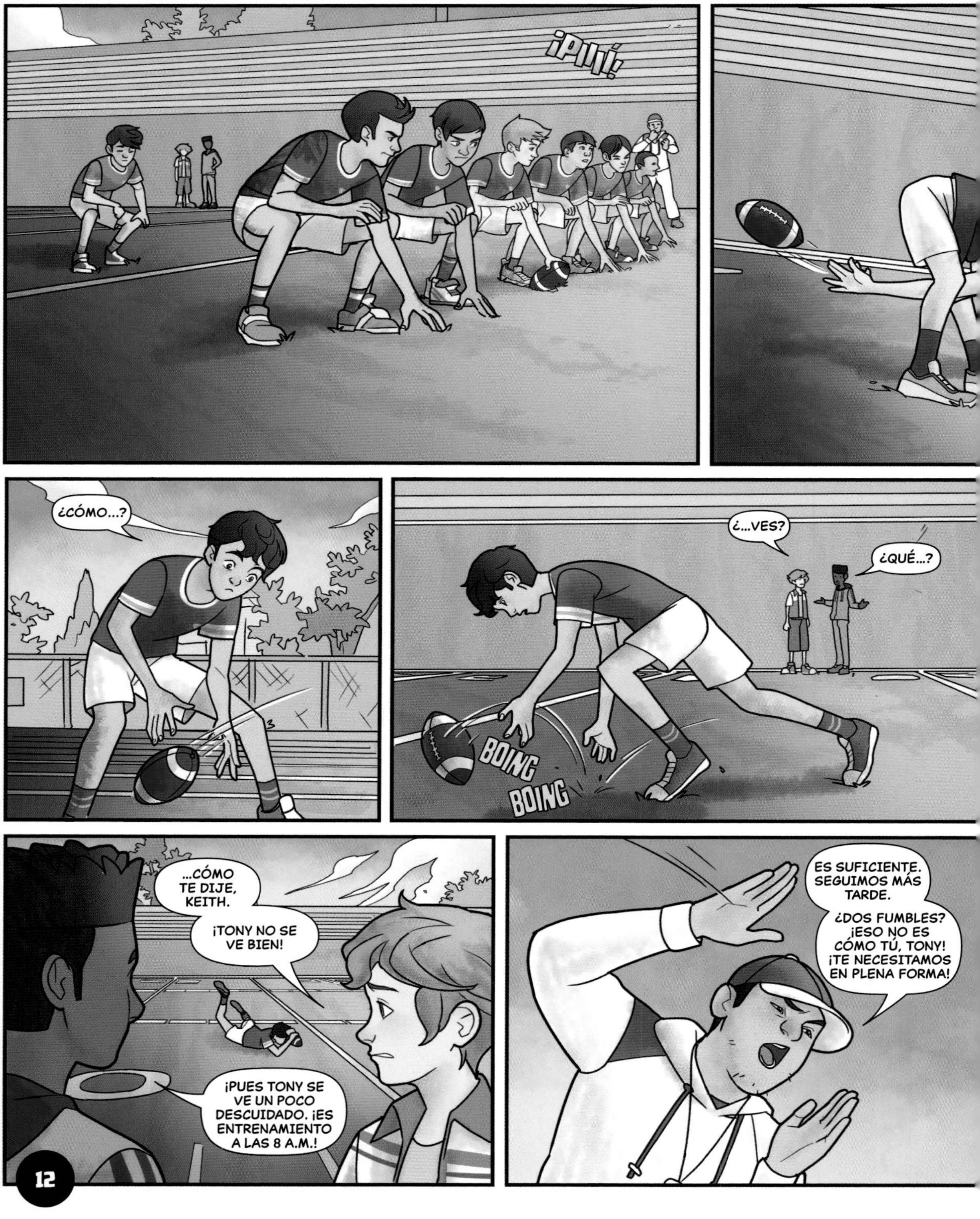

¡PIII!
¿CÓMO...?
¿...VES?
¿QUÉ...?
BOING
BOING
...CÓMO TE DIJE, KEITH.
¡TONY NO SE VE BIEN!
¡PUES TONY SE VE UN POCO DESCUIDADO. ¡ES ENTRENAMIENTO A LAS 8 A.M.!
ES SUFICIENTE. SEGUIMOS MÁS TARDE.
¿DOS FUMBLES? ¡ESO NO ES CÓMO TÚ, TONY! ¡TE NECESITAMOS EN PLENA FORMA!

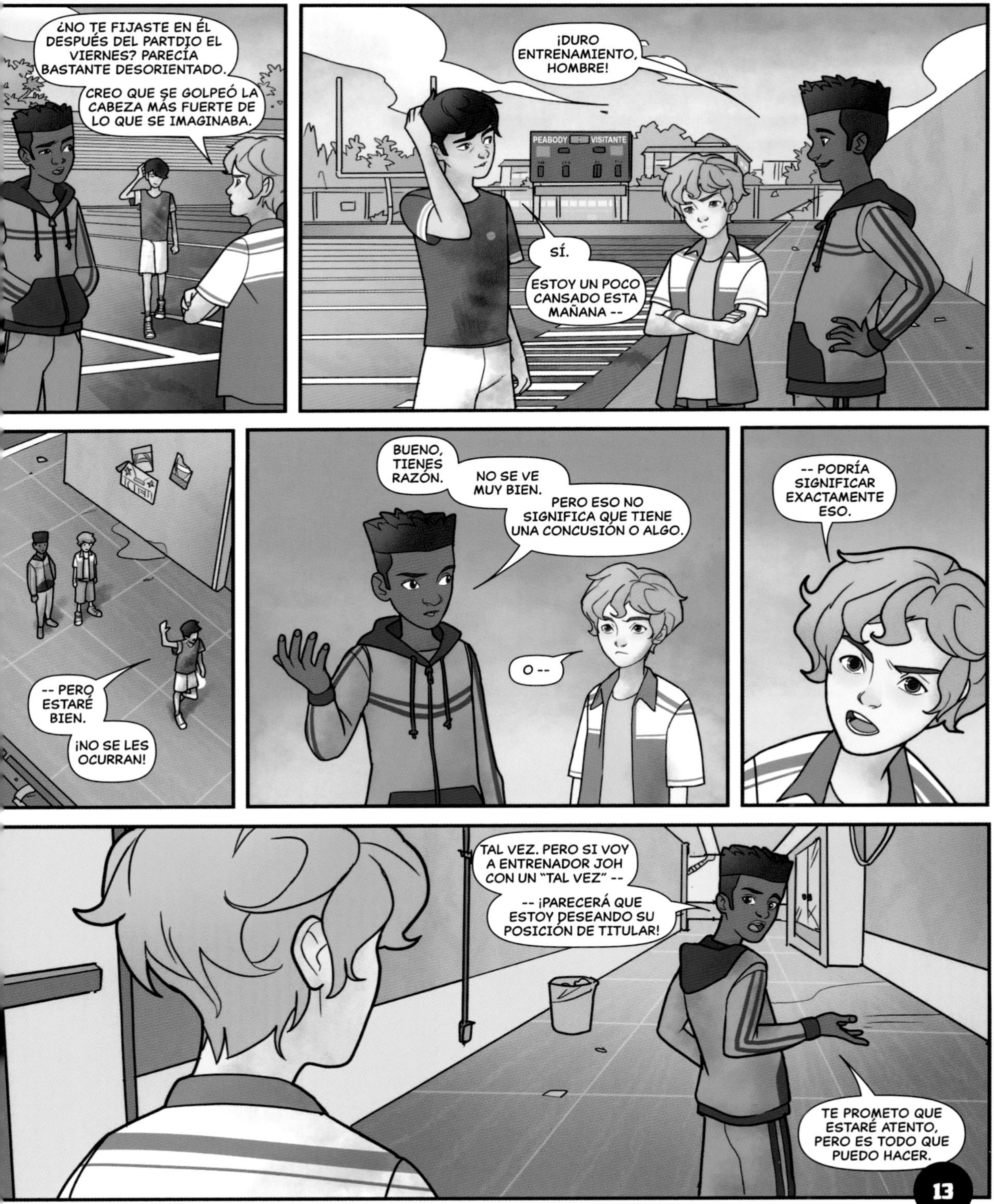
¿NO TE FIJASTE EN ÉL DESPUÉS DEL PARTDIO EL VIERNES? PARECÍA BASTANTE DESORIENTADO.
CREO QUE SE GOLPEÓ LA CABEZA MÁS FUERTE DE LO QUE SE IMAGINABA.
¡DURO ENTRENAMIENTO, HOMBRE!
PEABODY VISITANTE
SÍ.
ESTOY UN POCO CANSADO ESTA MAÑANA --
-- PERO ESTARÉ BIEN.
¡NO SE LES OCURRAN!
BUENO, TIENES RAZÓN.
NO SE VE MUY BIEN.
PERO ESO NO SIGNIFICA QUE TIENE UNA CONCUSIÓN O ALGO.
O --
-- PODRÍA SIGNIFICAR EXACTAMENTE ESO.
TAL VEZ. PERO SI VOY A ENTRENADOR JOH CON UN "TAL VEZ" --
-- ¡PARECERÁ QUE ESTOY DESEANDO SU POSICIÓN DE TITULAR!
TE PROMETO QUE ESTARÉ ATENTO, PERO ES TODO QUE PUEDO HACER.

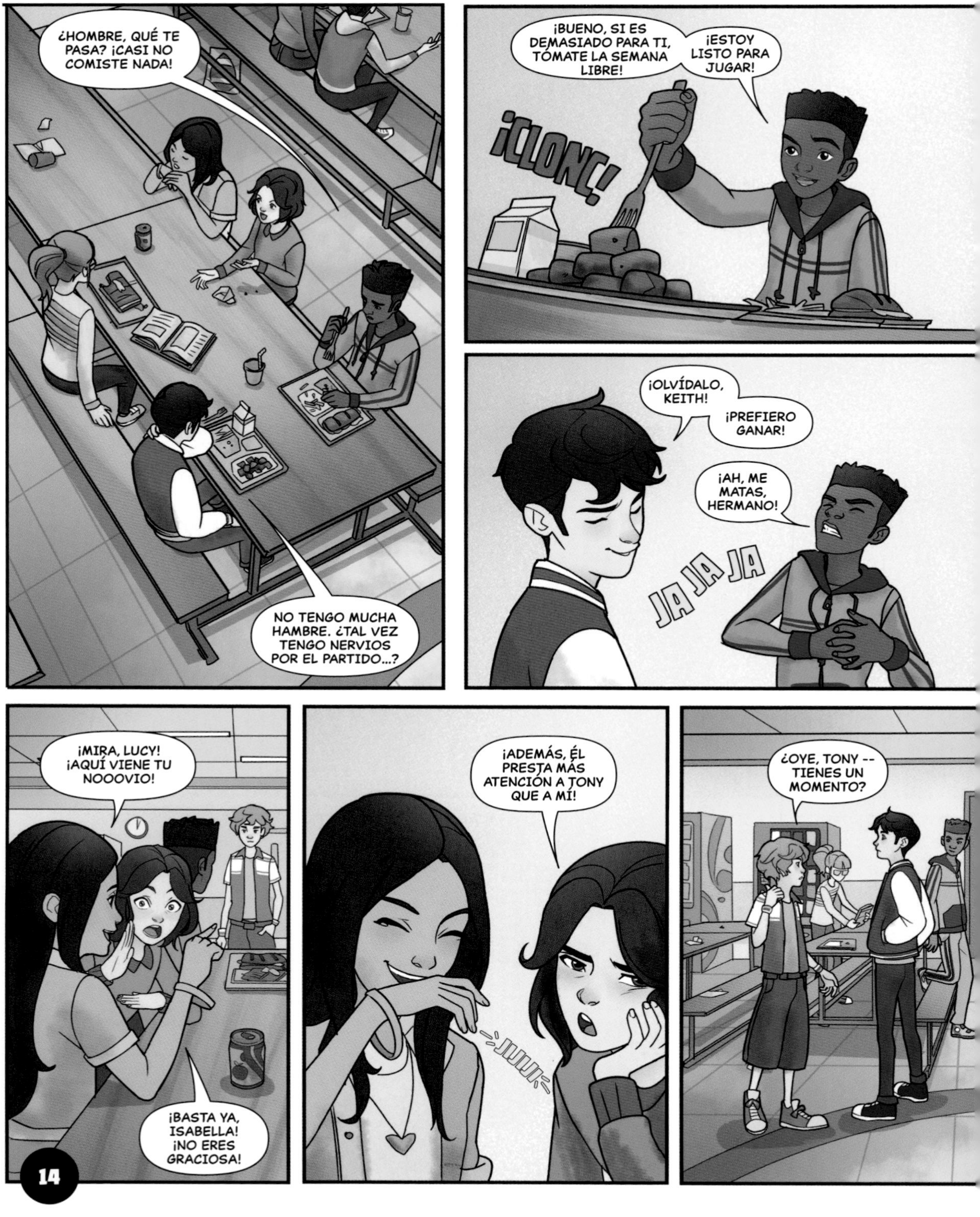

¿HOMBRE, QUÉ TE PASA? ¡CASI NO COMISTE NADA!
NO TENGO MUCHA HAMBRE. ¿TAL VEZ TENGO NERVIOS POR EL PARTIDO...?
¡BUENO, SI ES DEMASIADO PARA TI, TÓMATE LA SEMANA LIBRE!
¡ESTOY LISTO PARA JUGAR!
¡CLONC!
¡OLVÍDALO, KEITH!
¡PREFIERO GANAR!
¡AH, ME MATAS, HERMANO!
JA JA JA
¡MIRA, LUCY! ¡AQUÍ VIENE TU NOOOVIO!
¡BASTA YA, ISABELLA! ¡NO ERES GRACIOSA!
¡ADEMÁS, ÉL PRESTA MÁS ATENCIÓN A TONY QUE A MÍ!
JIJIJI
¿OYE, TONY -- TIENES UN MOMENTO?

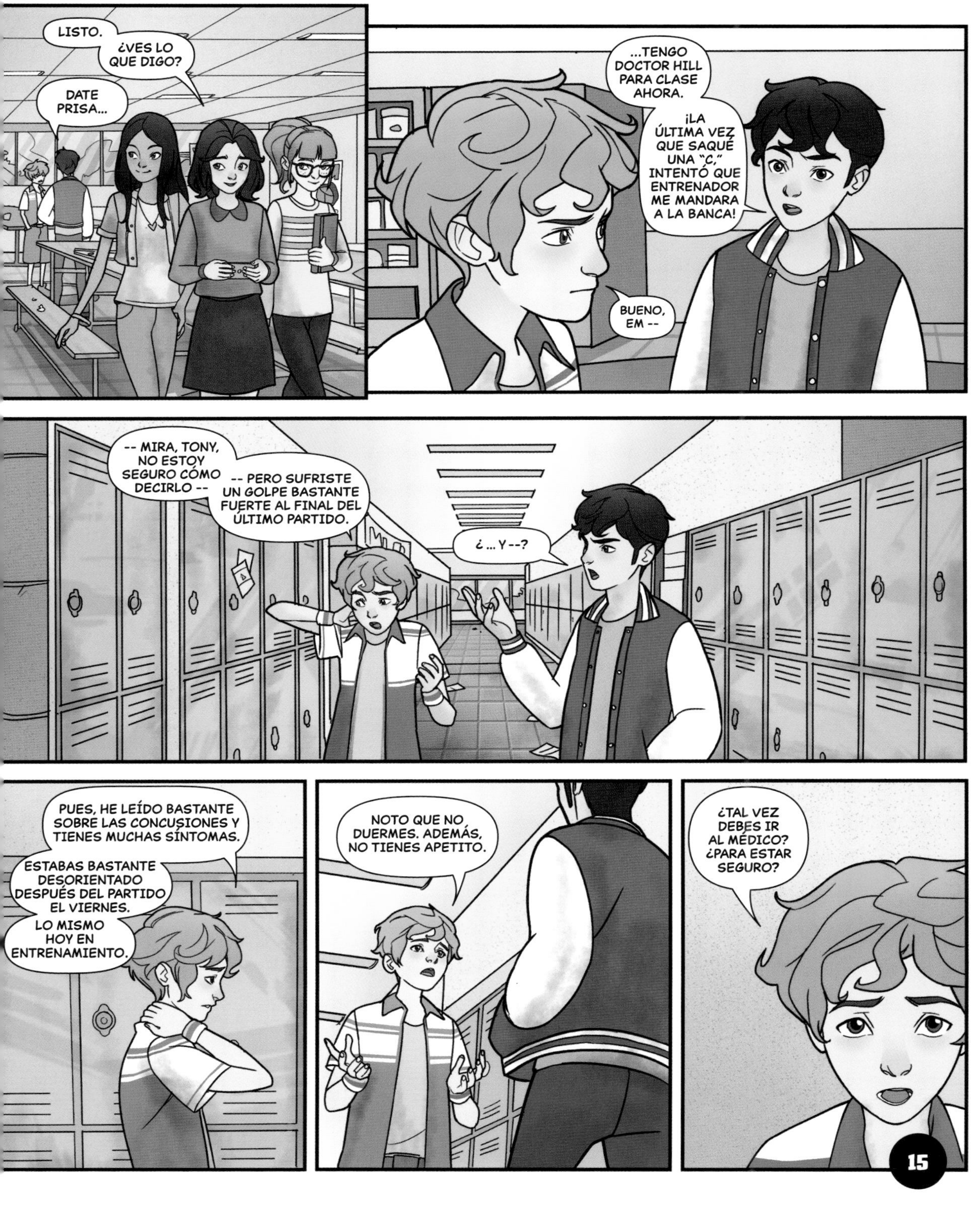

LISTO.
¿VES LO QUE DIGO?
DATE PRISA...
...TENGO DOCTOR HILL PARA CLASE AHORA.
¡LA ÚLTIMA VEZ QUE SAQUÉ UNA "C," INTENTÓ QUE ENTRENADOR ME MANDARA A LA BANCA!
BUENO, EM --
-- MIRA, TONY, NO ESTOY SEGURO CÓMO DECIRLO --
-- PERO SUFRISTE UN GOLPE BASTANTE FUERTE AL FINAL DEL ÚLTIMO PARTIDO.
¿... Y --?
PUES, HE LEÍDO BASTANTE SOBRE LAS CONCUSIONES Y TIENES MUCHAS SÍNTOMAS.
ESTABAS BASTANTE DESORIENTADO DESPUÉS DEL PARTIDO EL VIERNES.
LO MISMO HOY EN ENTRENAMIENTO.
NOTO QUE NO DUERMES. ADEMÁS, NO TIENES APETITO.
¿TAL VEZ DEBES IR AL MÉDICO? ¿PARA ESTAR SEGURO?

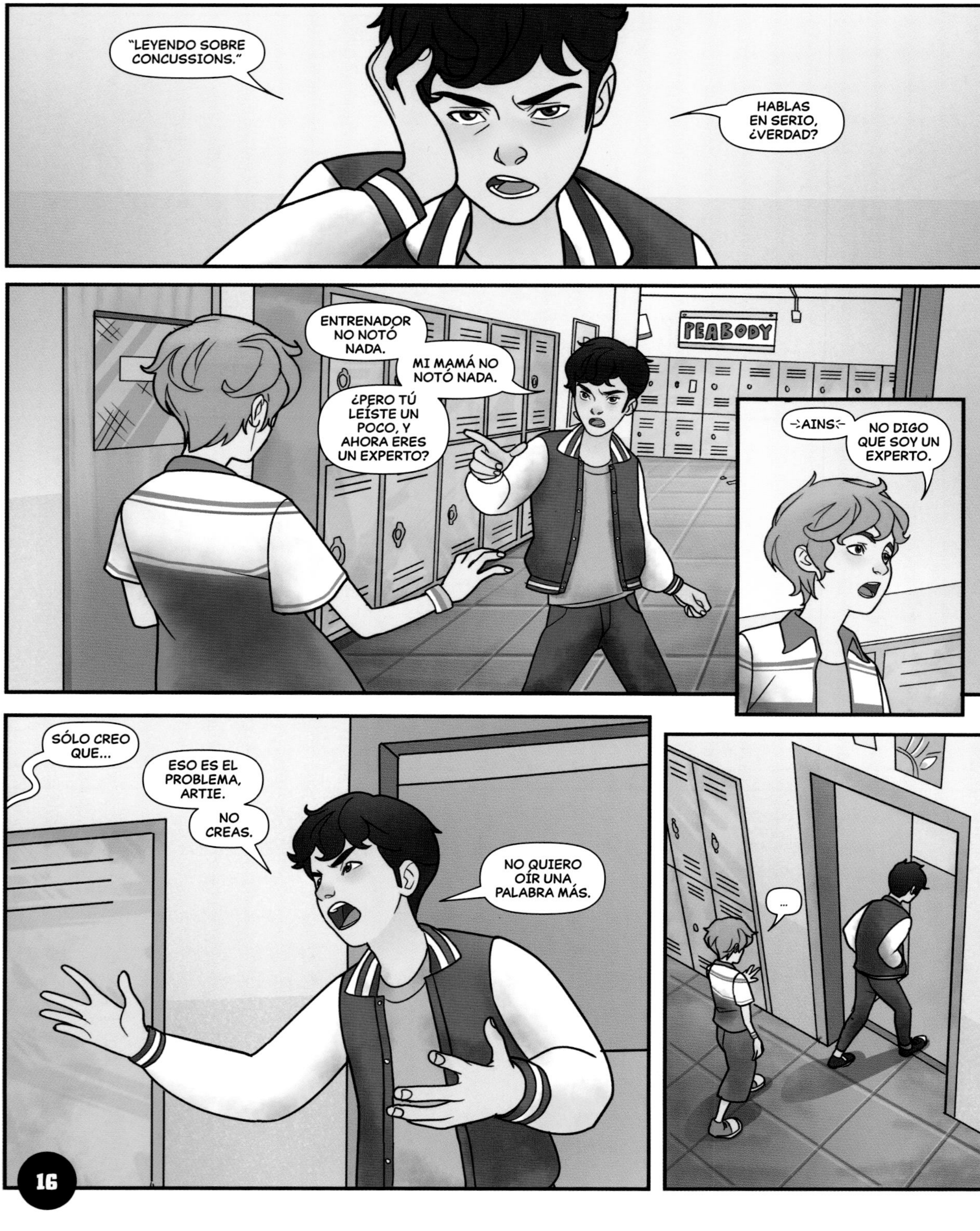
"LEYENDO SOBRE CONCUSSIONS."
HABLAS EN SERIO, ¿VERDAD?
ENTRENADOR NO NOTÓ NADA.
MI MAMÁ NO NOTÓ NADA.
¿PERO TÚ LEÍSTE UN POCO, Y AHORA ERES UN EXPERTO?
PEABODY
AINS
NO DIGO QUE SOY UN EXPERTO.
SÓLO CREO QUE...
ESO ES EL PROBLEMA, ARTIE.
NO CREAS.
NO QUIERO OÍR UNA PALABRA MÁS.
...

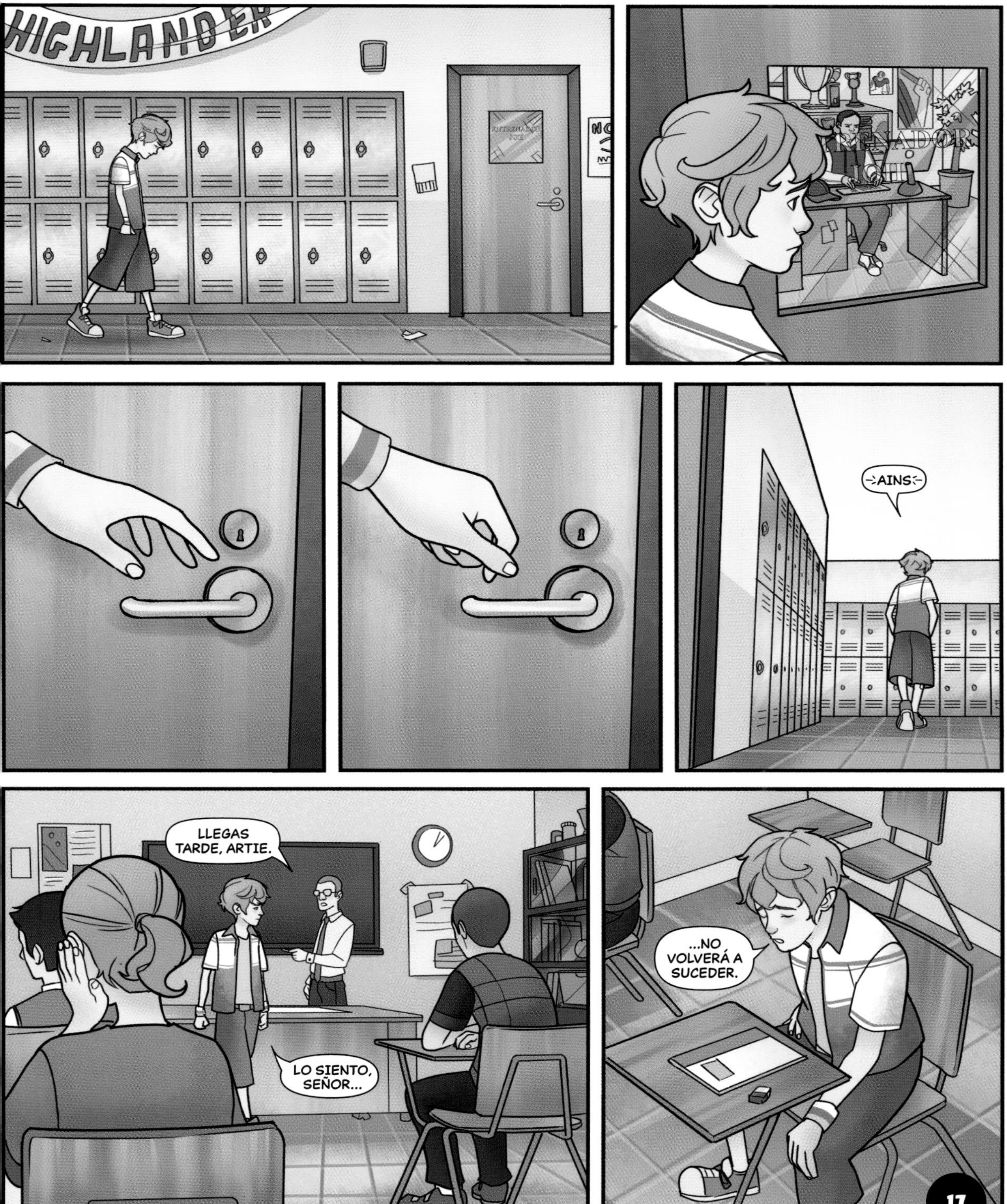
HIGHLANDER
AINS
LLEGAS TARDE, ARTIE.
LO SIENTO, SEÑOR...
...NO VOLVERÁ A SUCEDER.

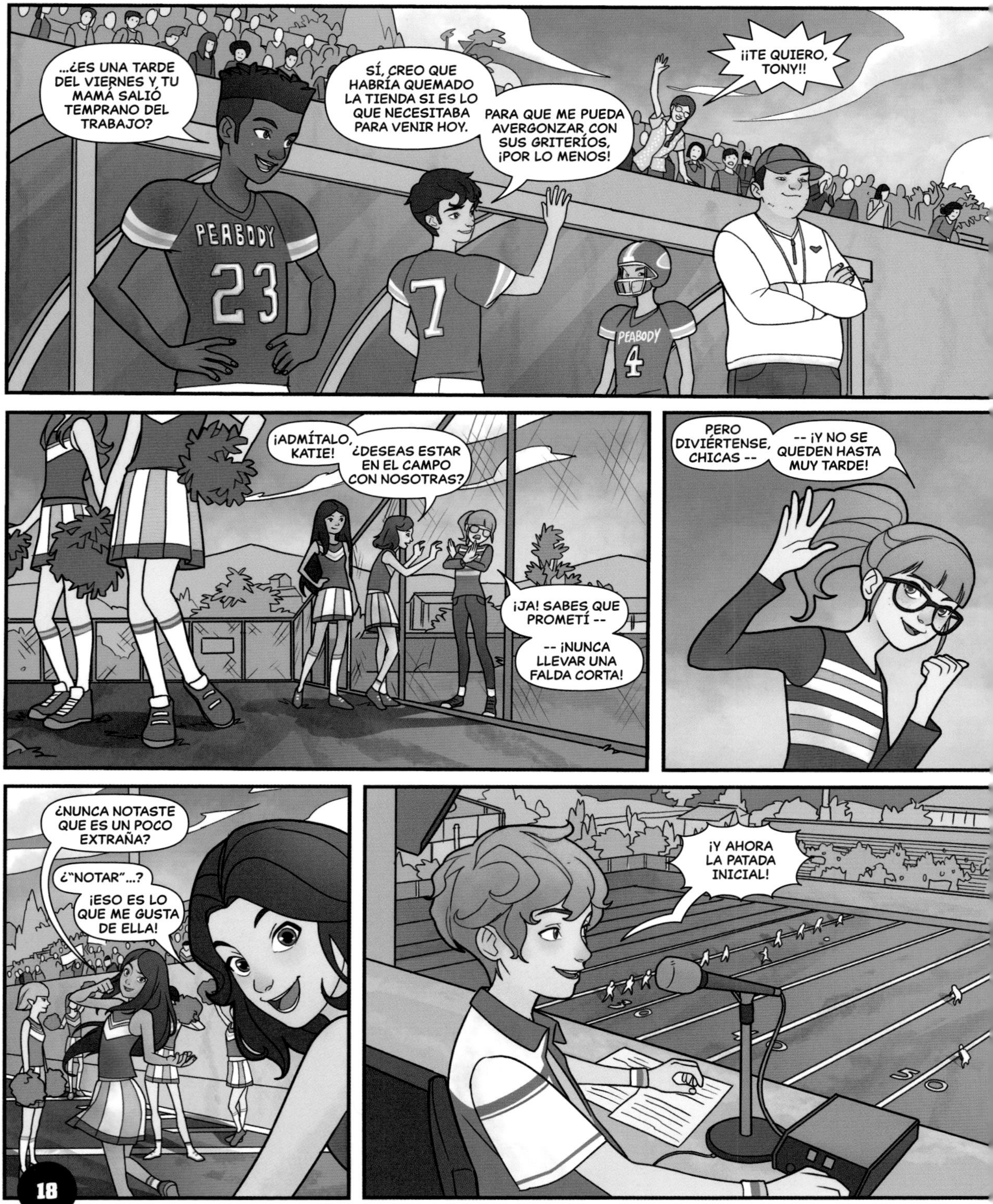

...¿ES UNA TARDE DEL VIERNES Y TU MAMÁ SALIÓ TEMPRANO DEL TRABAJO?
SÍ, CREO QUE HABRÍA QUEMADO LA TIENDA SI ES LO QUE NECESITABA PARA VENIR HOY.
PARA QUE ME PUEDA AVERGONZAR CON SUS GRITERÍOS, ¡POR LO MENOS!
¡¡TE QUIERO, TONY!!
PEABODY
23
7
PEABODY
4
¡ADMÍTALO, KATIE!
¿DESEAS ESTAR EN EL CAMPO CON NOSOTRAS?
¡JA! SABES QUE PROMETÍ --
-- ¡NUNCA LLEVAR UNA FALDA CORTA!
PERO DIVIÉRTENSE, CHICAS --
-- ¡Y NO SE QUEDEN HASTA MUY TARDE!
¿NUNCA NOTASTE QUE ES UN POCO EXTRAÑA?
¿"NOTAR"...?
¡ESO ES LO QUE ME GUSTA DE ELLA!
¡Y AHORA LA PATADA INICIAL!

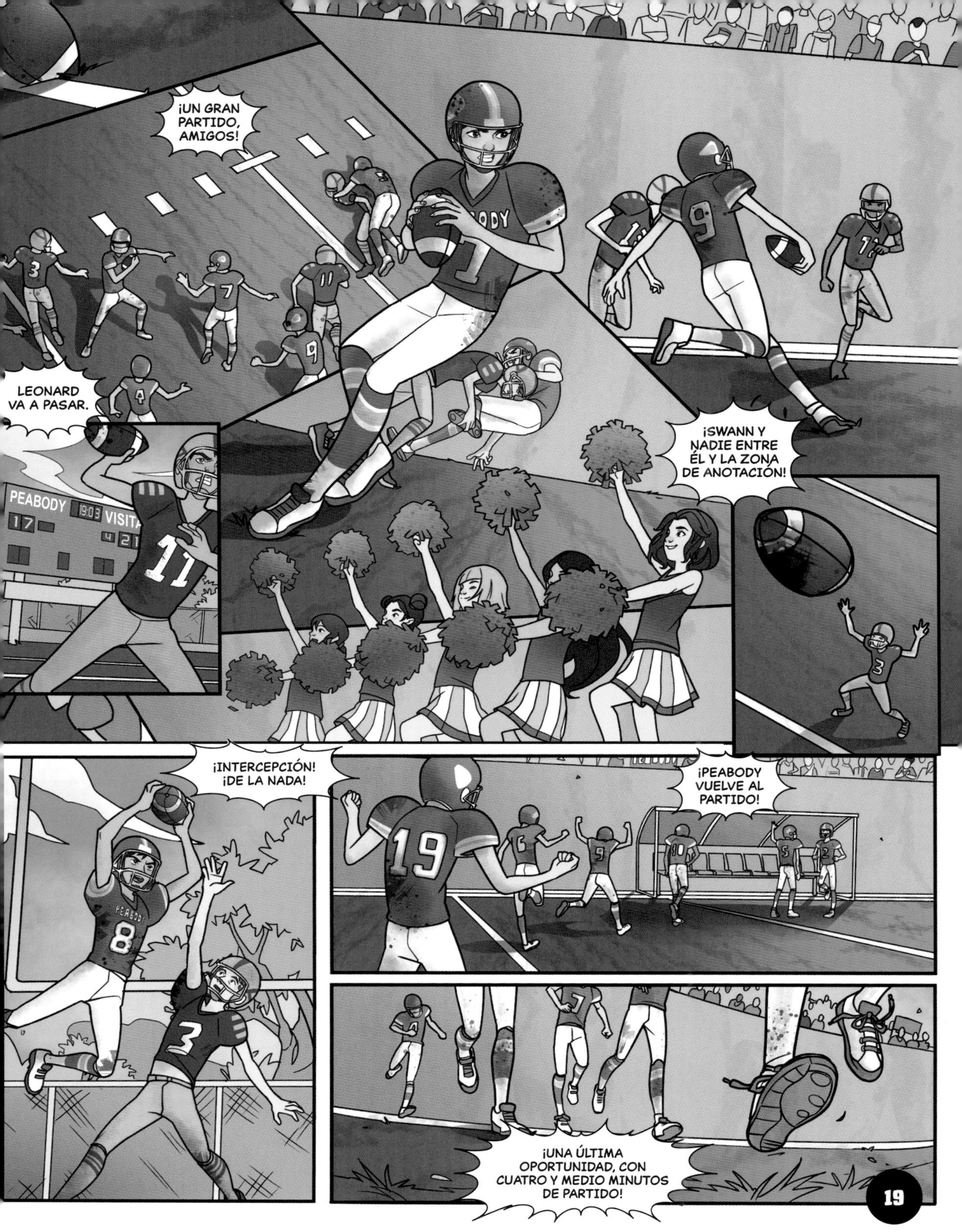
¡UN GRAN PARTIDO, AMIGOS!
LEONARD VA A PASAR.
PEABODY
VISITA
¡SWANN Y NADIE ENTRE ÉL Y LA ZONA DE ANOTACIÓN!
¡INTERCEPCIÓN! ¡DE LA NADA!
¡PEABODY VUELVE AL PARTIDO!
¡UNA ÚLTIMA OPORTUNIDAD, CON CUATRO Y MEDIO MINUTOS DE PARTIDO!

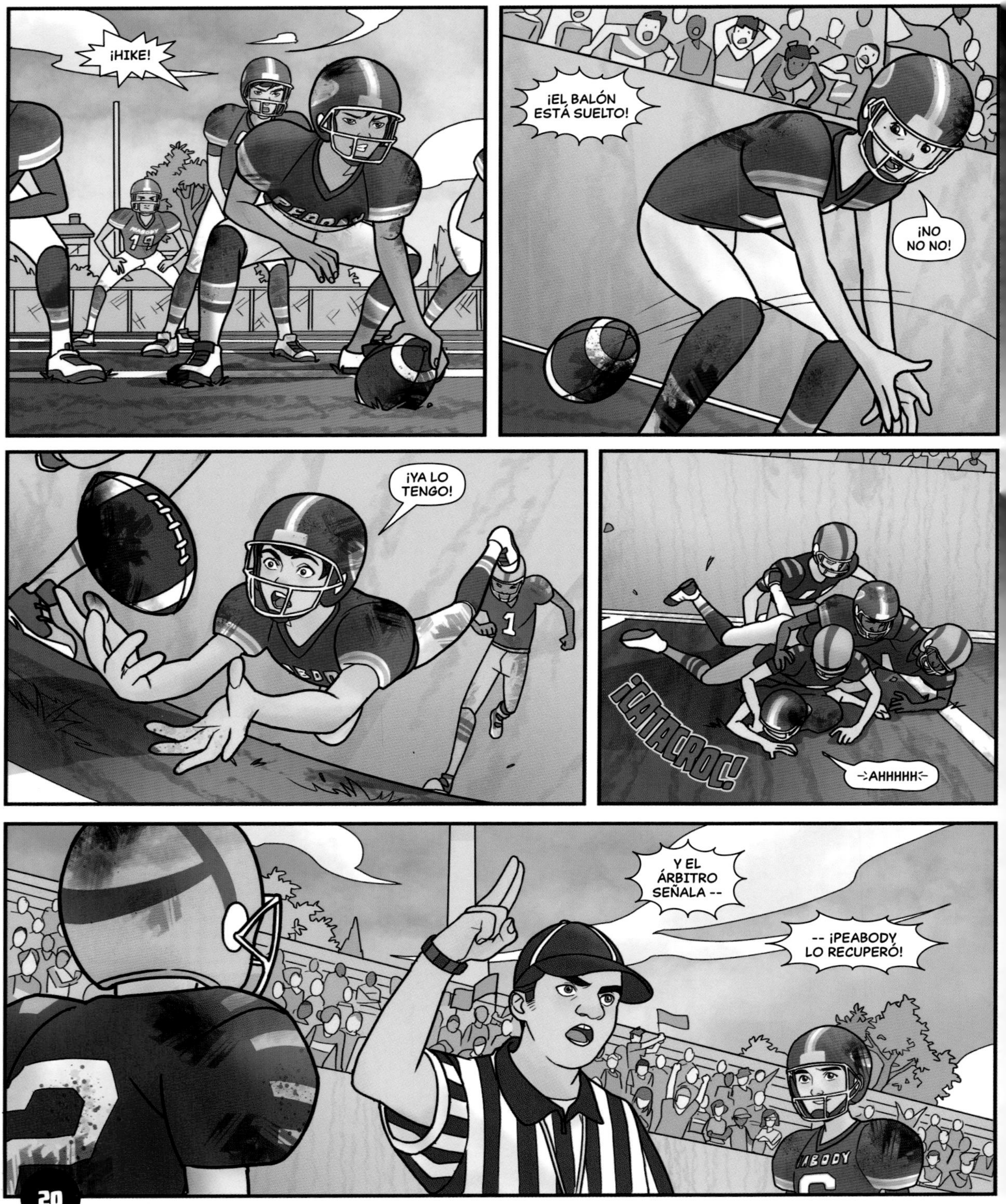
¡HIKE!
¡EL BALÓN ESTÁ SUELTO!
¡NO NO NO!
¡YA LO TENGO!
¡CATACROC!
AHHHHH
Y EL ÁRBITRO SEÑALA --
-- ¡PEABODY LO RECUPERÓ!

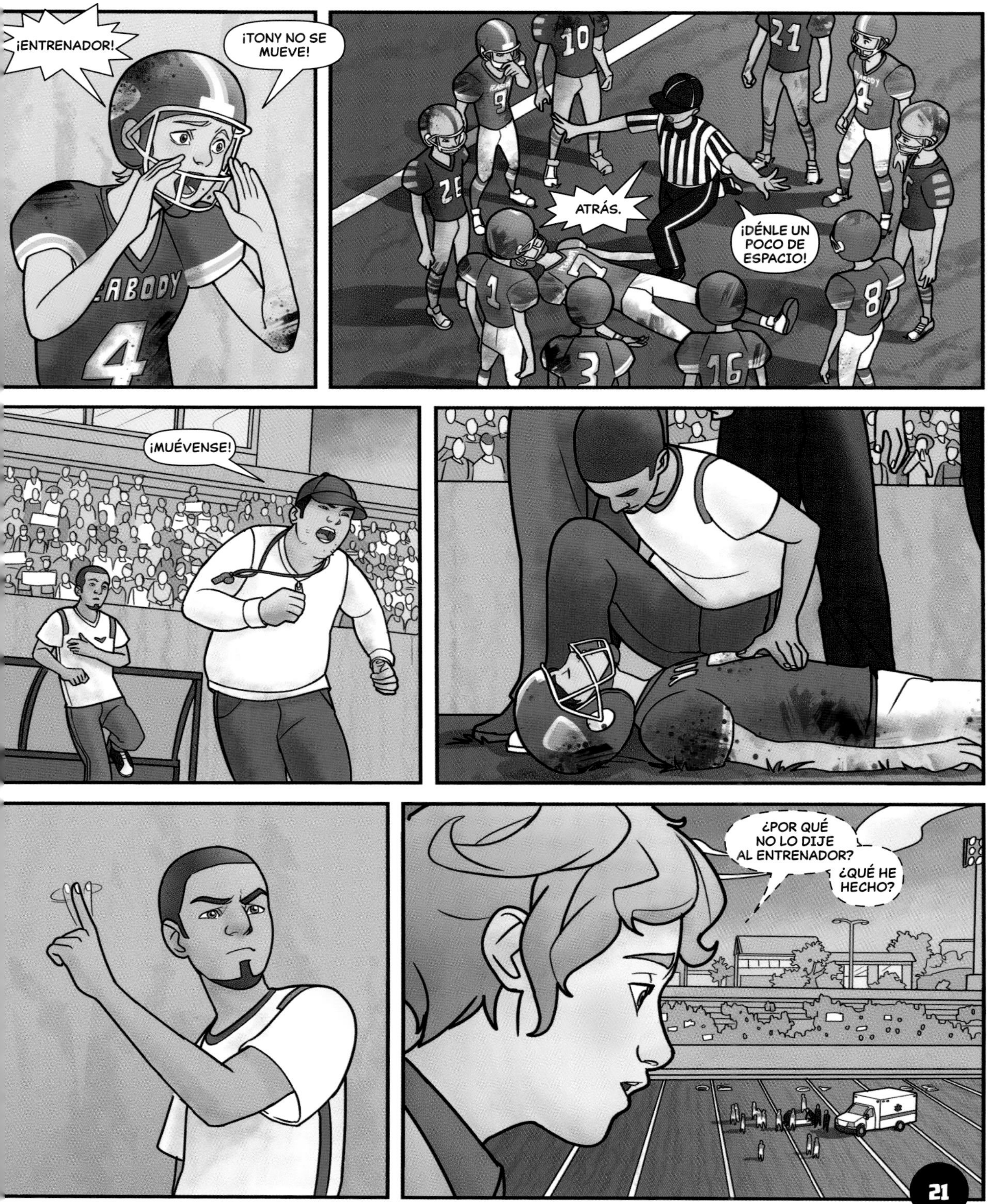
¡ENTRENADOR!
¡TONY NO SE MUEVE!
ATRÁS.
¡DÉNLE UN POCO DE ESPACIO!
¡MUÉVENSE!
¿POR QUÉ NO LO DIJE AL ENTRENADOR?
¿QUÉ HE HECHO?

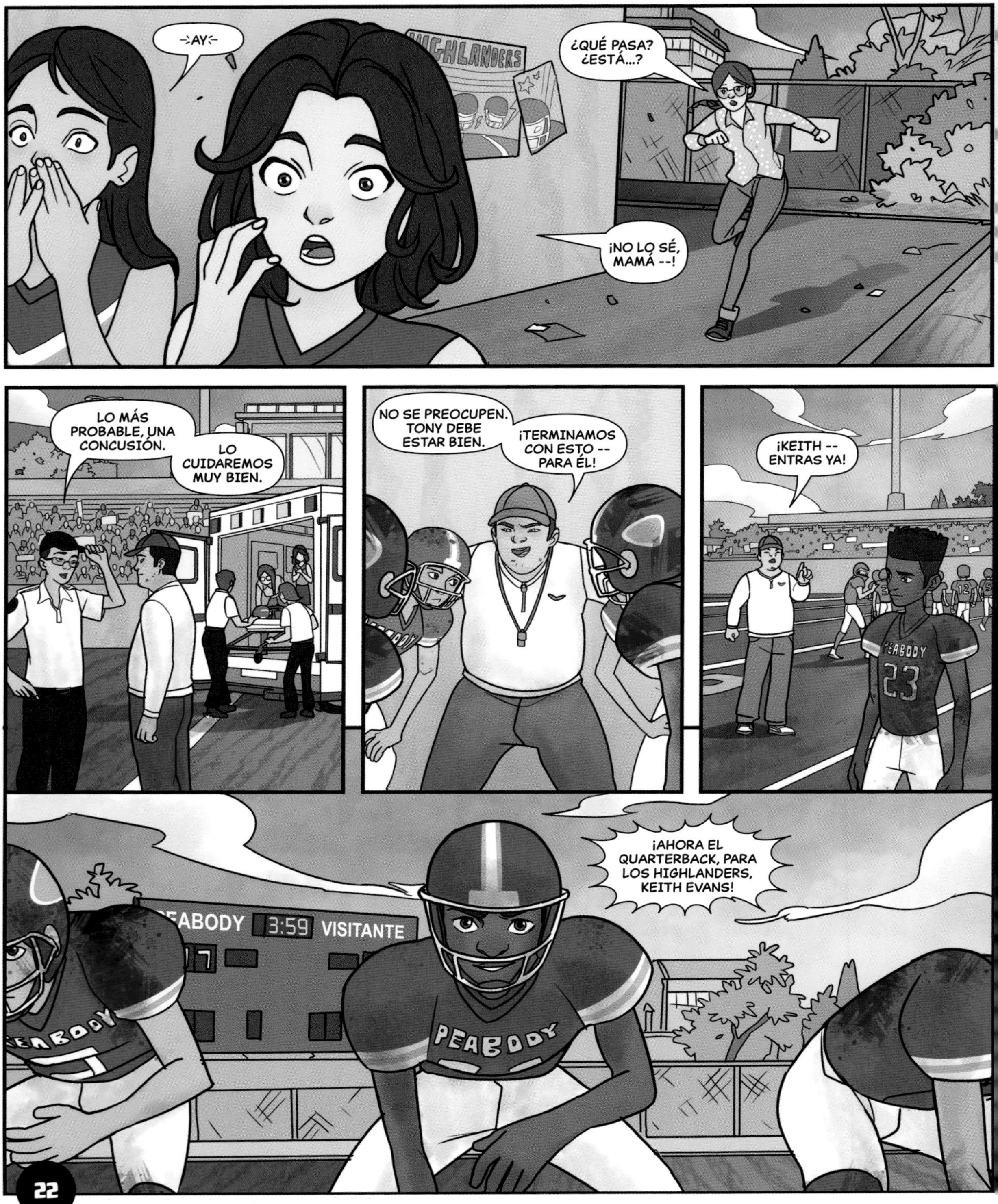
AY
¿QUÉ PASA? ¿ESTÁ...?
¡NO LO SÉ, MAMÁ --!
HIGHLANDERS
LO MÁS PROBABLE, UNA CONCUSIÓN.
LO CUIDAREMOS MUY BIEN.
NO SE PREOCUPEN. TONY DEBE ESTAR BIEN.
¡TERMINAMOS CON ESTO -- PARA ÉL!
¡KEITH -- ENTRAS YA!
PEABODY
23
¡AHORA EL QUARTERBACK, PARA LOS HIGHLANDERS, KEITH EVANS!
3:59
VISITANTE
PEABODY

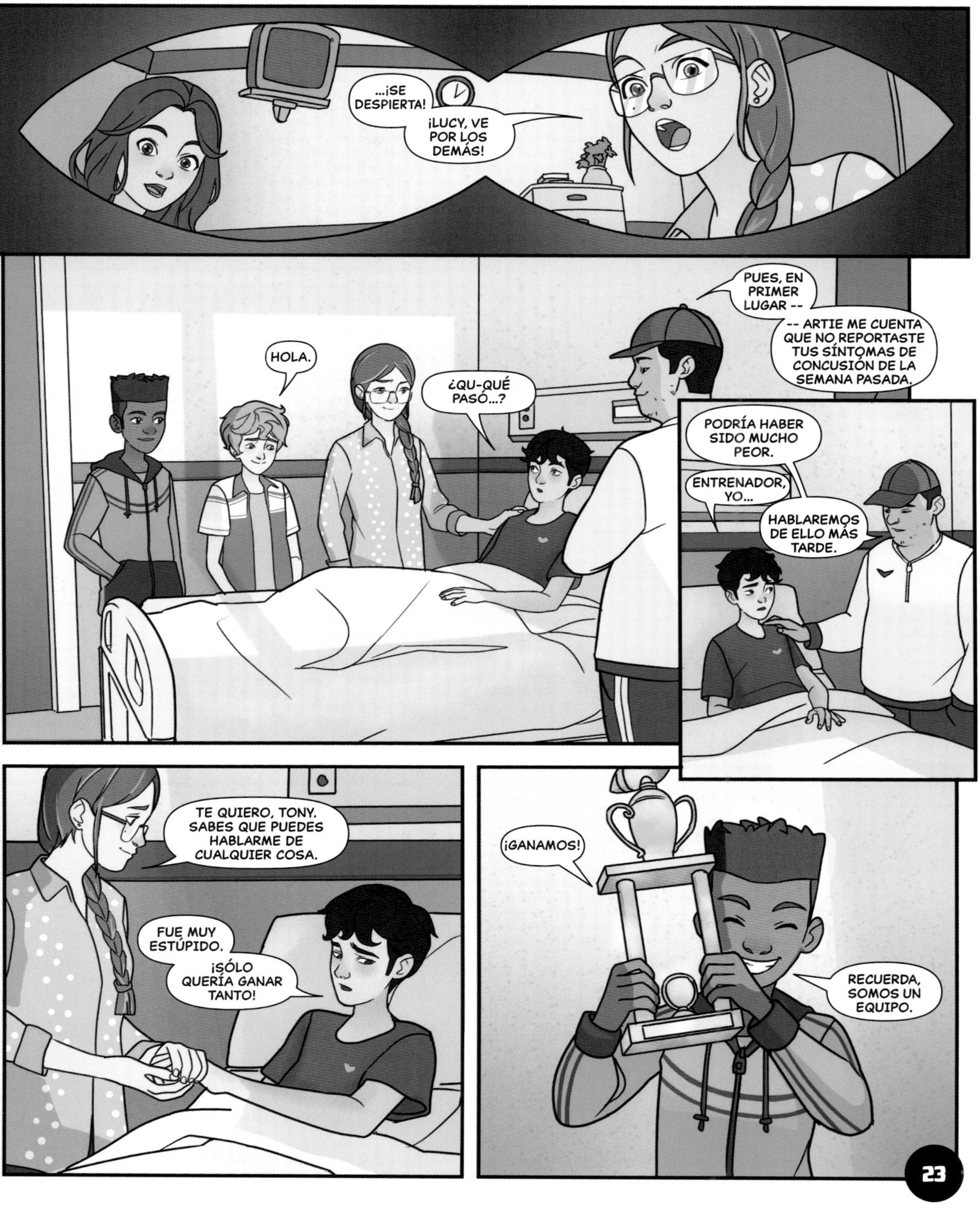
...¡SE DESPIERTA!
¡LUCY, VE POR LOS DEMÁS!
HOLA.
¿QU-QUÉ PASÓ...?
PUES, EN PRIMER LUGAR --
-- ARTIE ME CUENTA QUE NO REPORTASTE TUS SÍNTOMAS DE CONCUSIÓN DE LA SEMANA PASADA.
PODRÍA HABER SIDO MUCHO PEOR.
ENTRENADOR, YO...
HABLAREMOS DE ELLO MÁS TARDE.
TE QUIERO, TONY. SABES QUE PUEDES HABLARME DE CUALQUIER COSA.
FUE MUY ESTÚPIDO.
¡SÓLO QUERÍA GANAR TANTO!
¡GANAMOS!
RECUERDA, SOMOS UN EQUIPO.

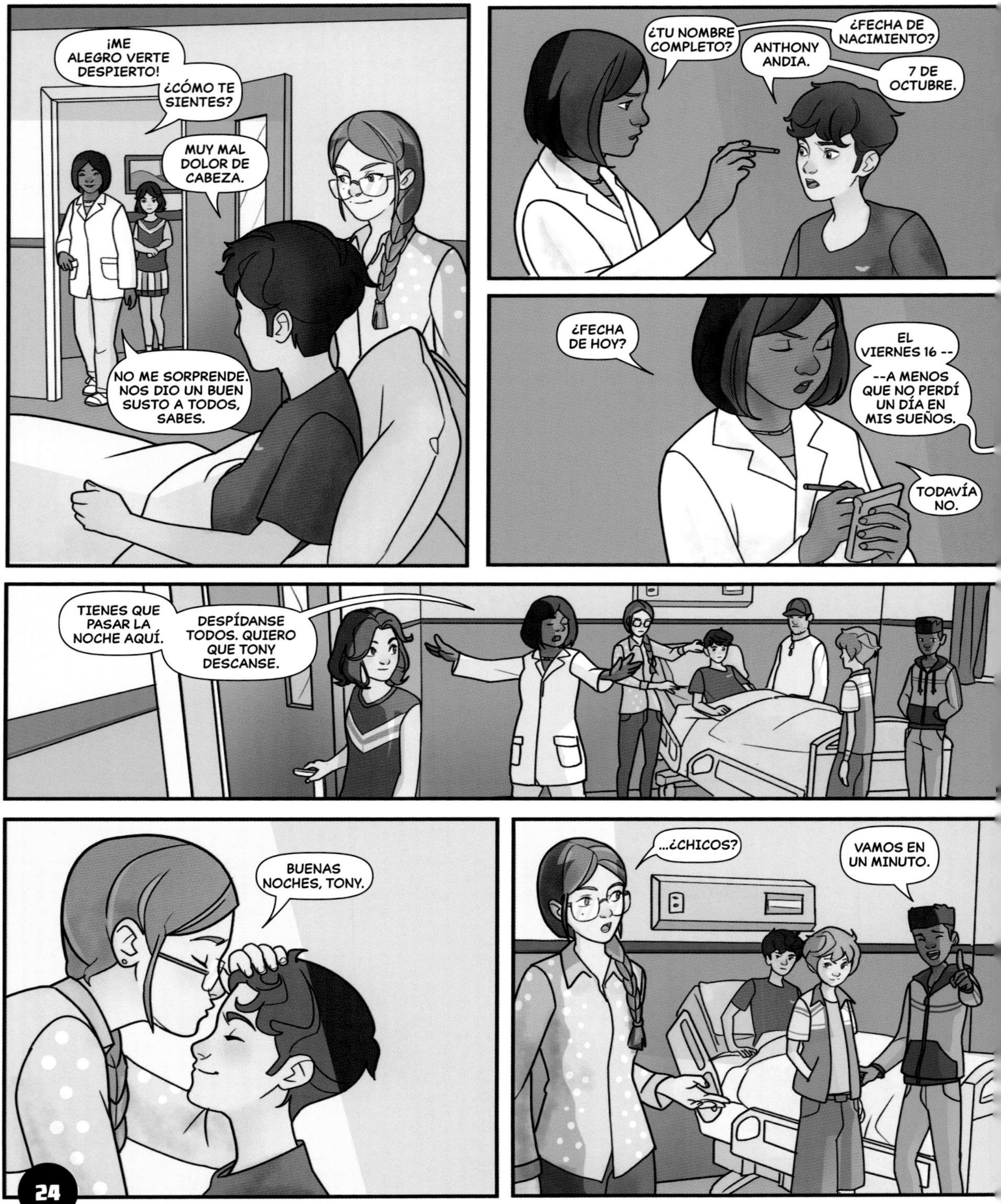
¡ME ALEGRO VERTE DESPIERTO!
¿CÓMO TE SIENTES?
MUY MAL DOLOR DE CABEZA.
NO ME SORPRENDE. NOS DIO UN BUEN SUSTO A TODOS, SABES.
¿TU NOMBRE COMPLETO?
ANTHONY ANDIA.
¿FECHA DE NACIMIENTO?
7 DE OCTUBRE.
¿FECHA DE HOY?
EL VIERNES 16 --
--A MENOS QUE NO PERDÍ UN DÍA EN MIS SUEÑOS.
TODAVÍA NO.
TIENES QUE PASAR LA NOCHE AQUÍ.
DESPÍDANSE TODOS. QUIERO QUE TONY DESCANSE.
BUENAS NOCHES, TONY.
...¿CHICOS?
VAMOS EN UN MINUTO.

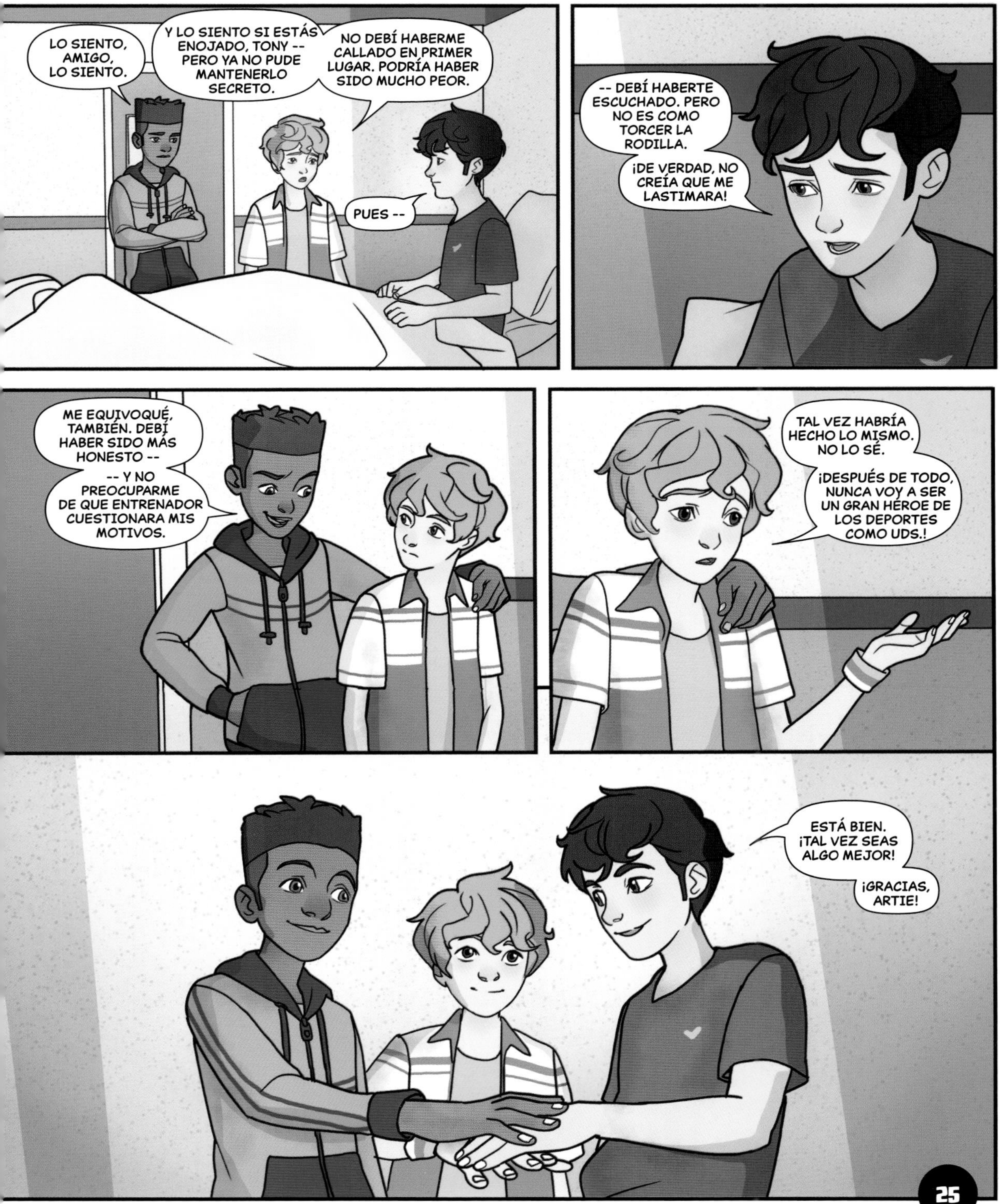

LO SIENTO, AMIGO, LO SIENTO.
Y LO SIENTO SI ESTÁS ENOJADO, TONY -- PERO YA NO PUDE MANTENERLO SECRETO.
NO DEBÍ HABERME CALLADO EN PRIMER LUGAR. PODRÍA HABER SIDO MUCHO PEOR.
PUES --
-- DEBÍ HABERTE ESCUCHADO. PERO NO ES COMO TORCER LA RODILLA.
¡DE VERDAD, NO CREÍA QUE ME LASTIMARA!
ME EQUIVOQUÉ, TAMBIÉN. DEBÍ HABER SIDO MÁS HONESTO --
-- Y NO PREOCUPARME DE QUE ENTRENADOR CUESTIONARA MIS MOTIVOS.
TAL VEZ HABRÍA HECHO LO MISMO. NO LO SÉ.
¡DESPUÉS DE TODO, NUNCA VOY A SER UN GRAN HÉROE DE LOS DEPORTES COMO UDS.!
ESTÁ BIEN. ¡TAL VEZ SEAS ALGO MEJOR!
¡GRACIAS, ARTIE!

TONY &

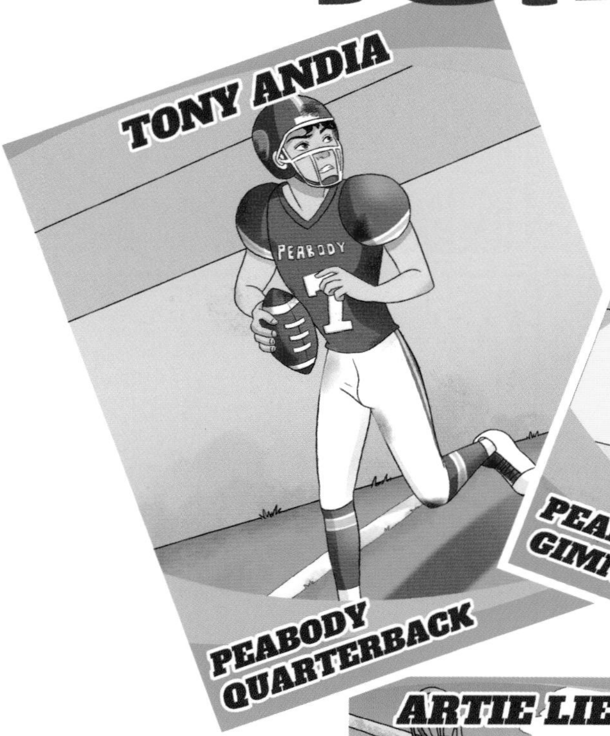
TONY ANDIA
PEABODY
PEABODY
QUARTERBACK

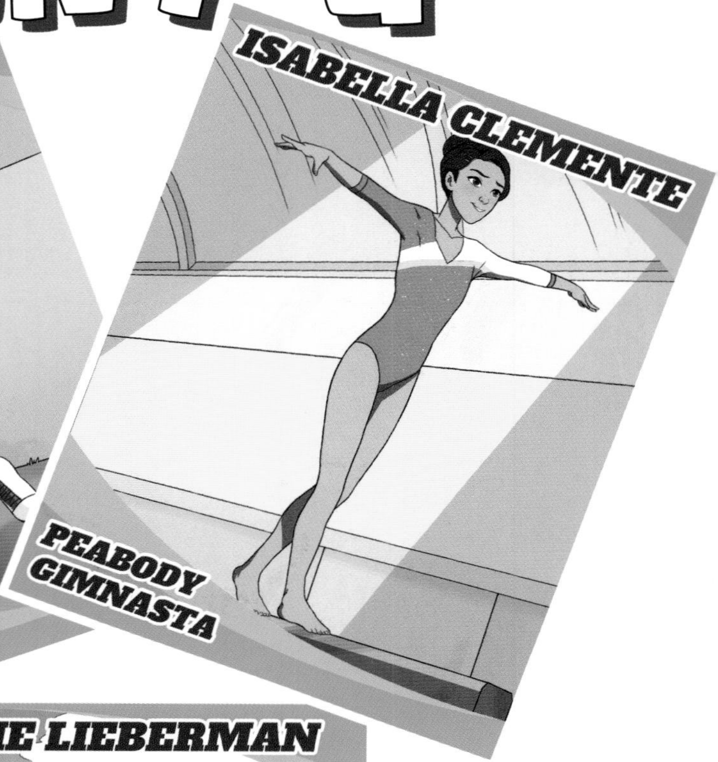
ISABELLA CLEMENTE
PEABODY
GIMNASTA

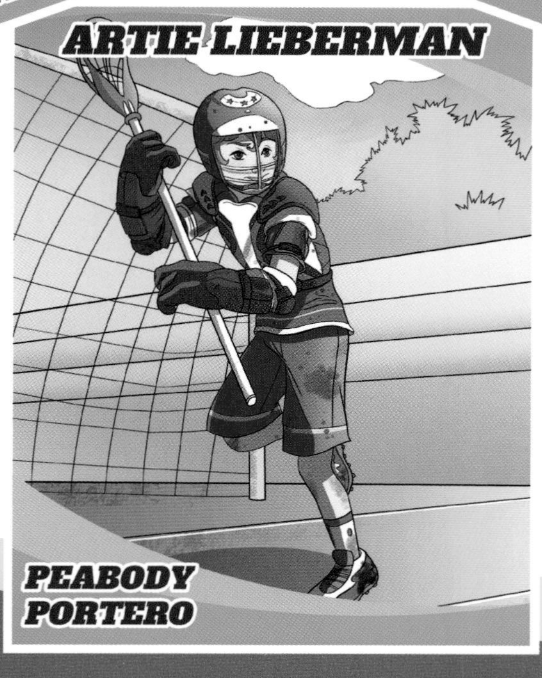
ARTIE LIEBERMAN
PEABODY
PORTERO

AMIGOS

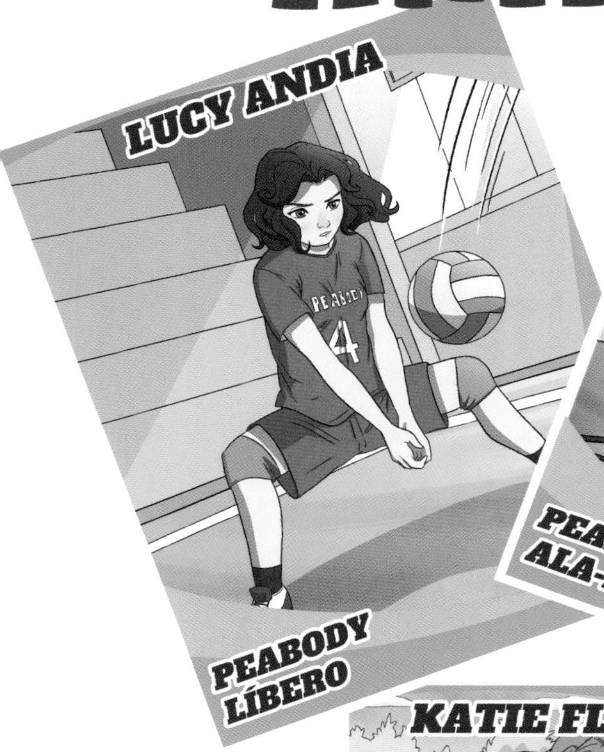
LUCY ANDIA
PEABODY
4
PEABODY
LÍBERO

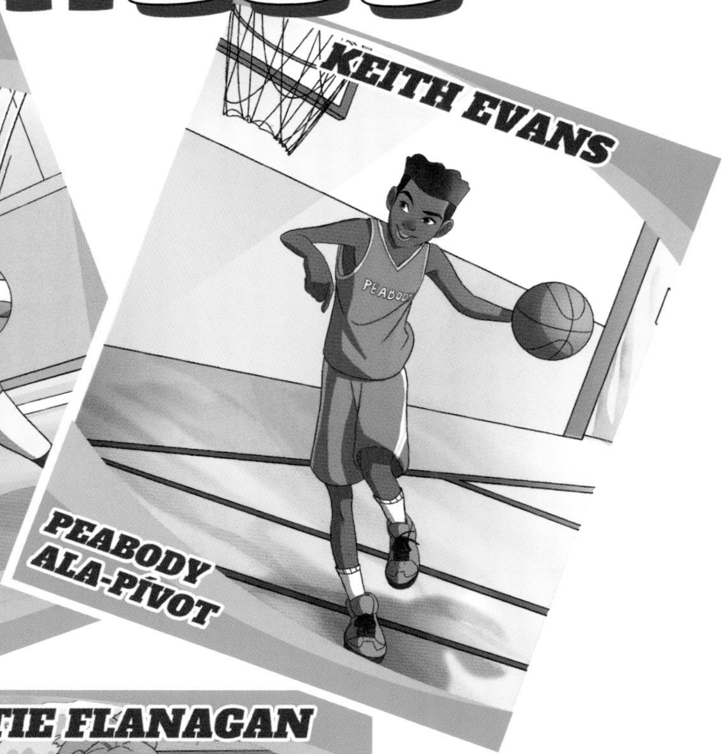
KEITH EVANS
PEABODY
PEABODY
ALA-PÍVOT

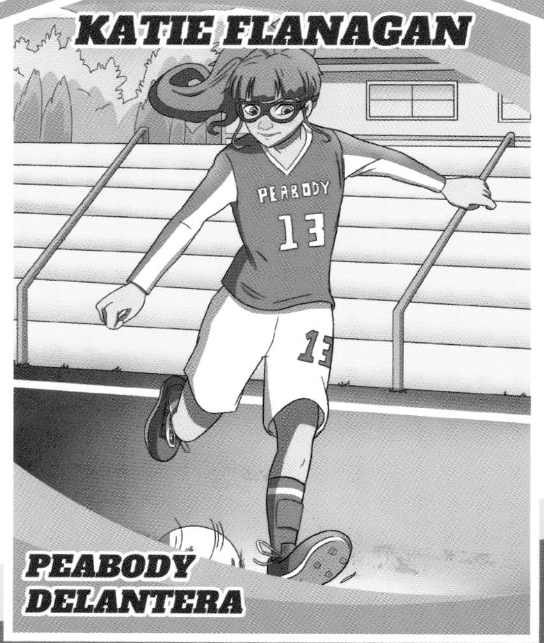
KATIE FLANAGAN
PEABODY
13
13
PEABODY
DELANTERA

PRUEBA DE

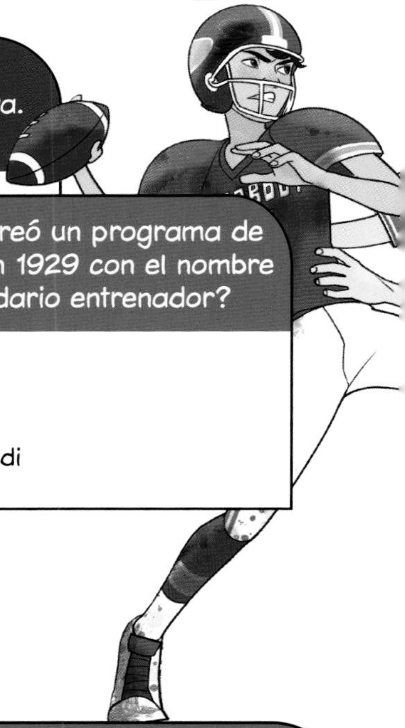

1. El quarterback del Salón de la Fama, Kurt Warner, trabajó surtiendo los estantes de un supermercado en Iowa. Además, jugó en todas de estas ligas, ¿EXCEPTO cuál?

a. Liga Nacional de Fútbol Americano
b. NFL Europa
c. Liga Estadounidense de Fútbol Americano
d. Liga Arena de Fútbol Americano

2. Joe Tomlin creó un programa de fútbol juvenil en 1929 con el nombre ¿de cuál legendario entrenador?

a. Bear Bryant
b. Pop Warner
c. Tom Landry
d. Vince Lombardi

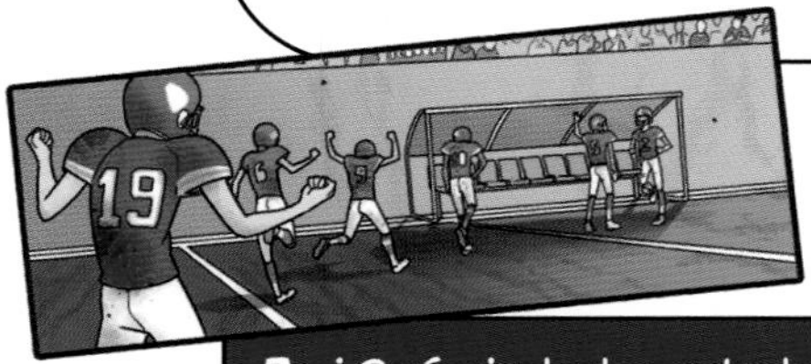

3. ¿Qué ciudad y estado albergaron más partidos del Pro Bowl de la NFL, el partido anual de las estrellas de la liga?

a. New York City, New York
b. Miami, Florida
c. Honolulu, Hawaii
d. Los Angeles, California

4. ¿Cómo se llama una jugada de pase en la que el running back recibe el balón y lo tira de vuelta al quarterback, que entonces hace un pase campo abajo?

a. Cat and Mouse
b. Flea Flicker
c. Hook and Ladder
d. Hail Mary

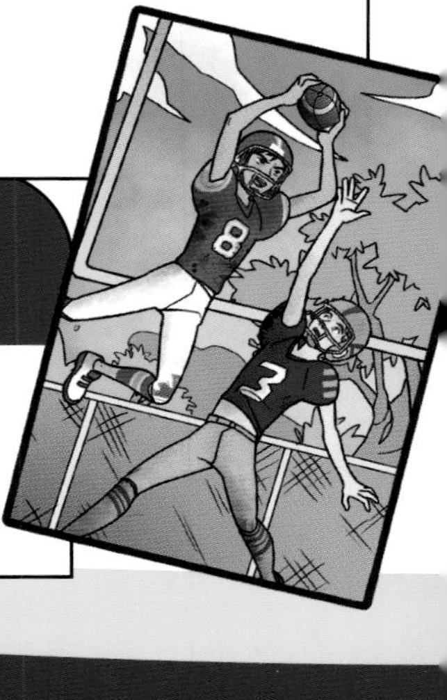

5. En general, en la ofensiva el quarterback lanza el balón y el halfback bloquea para abrir paso al running back, pero ¿cuál posición juegan los nickelbacks y dimebacks en la defensa?

a. linebacker
b. tackle
c. end
d. safety

FÚTBOL

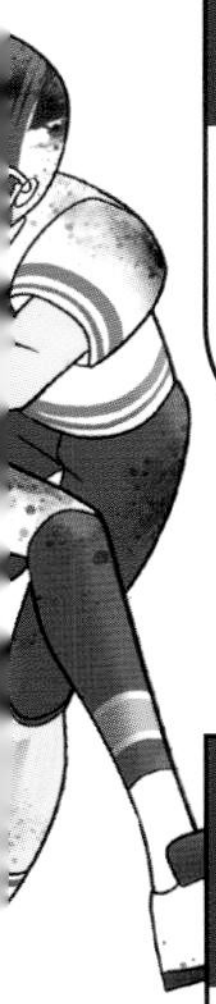

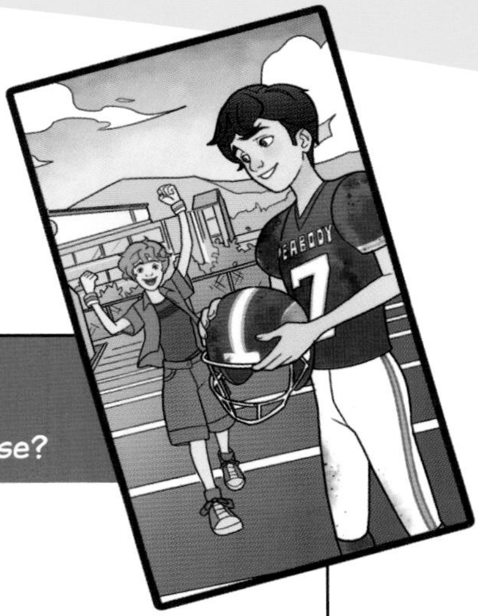

6. ¿Cuál compañía de parques de atracciones da un viaje gratis al MVP (mejor jugador) del Súper Bowl de la NFL?

a. Walt Disney
b. Six Flags
c. Universal
d. Cedar Fair

7. ¿De cuál deporte partieron el fútbol americano y canadiense?

a. Fútbol
b. Balonmano europeo
c. Rugby
d. Balón prisionero

8. ¿Para qué equipo profesional del fútbol americano jugó el actor superestrella y luchador profesional Dwayne "The Rock" Johnson después de salir de la Universidad de Miami?

a. Miami Dolphins
b. Calgary Stampeders
c. New York Giants
d. Toronto Argonauts

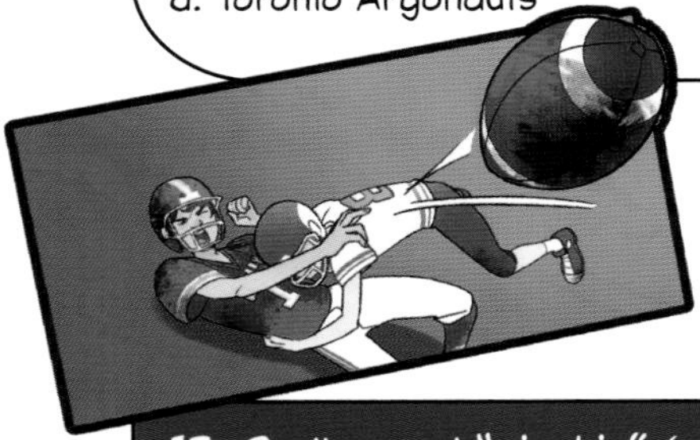

9. Como Deion Sanders y Tim Tebow, ¿cuál de estos jugadores de la NFL también jugó el béisbol profesional?

a. Aaron Rodgers
b. Kurt Warner
c. J.J. Watt
d. Bo Jackson

10. Se llama el "pigskin" (piel de cerdo), pero en general un balón de fútbol americano está hecho de caucho vulcanizado y ¿qué otro material?

a. cuero
b. plumas de ganso
c. piel de oveja
d. piel de cordero

* Respuestas en la página 32

¿Y TÚ QUÉ PIENSAS?

Una concusión es una lesión del cerebro. Ocurre cuando un golpe en la cabeza causa que el cerebro se mueva violentamente dentro del cráneo. Concusiones son serias y deben evaluarse de inmediato.

- ¿Cuáles son algunas de los síntomas de una concusión que tenía Tony? ¿Qué harías si uno de tus amigos tuviera estos síntomas?

- Keith se resistía a decir algo a Entrenador Joh sobre Tony porque no quería que cuestionara sus motivos. Describe un momento en lo cual has estado en una situación cuando siendo honesto podría hacerte parecer mal. ¿Qué pasó?

- Basado en las situaciones del cuento y los deportes de contacto físico en la vida real, ¿qué piensas que se puede hacer para disminuir el riesgo de las concusiones?

- Artie tenía que tomar una decisión difícil. Decidió expresar su preocupación a Keith y Tony en cambio de contarlo a Entrenador Joh. ¿Estás de acuerdo con su decisión? ¿Qué habrías hecho tú si fueras Artie?

- ¿Alguna vez has sufrido una concusión, o uno de tus amigos? ¿Qué pasó?

DATOS CURIOSOS DE FÚTBOL

1. Peyton Manning ha lanzado para 71.940 yardas. ¡Son más de 40 millas! También, tiene el récord de más pases de touchdown con 539. ¡Esos son sólo los pases exitosos!

2. Los Pittsburgh Steelers han ganado 6 Súper Bowls, un récord de la liga. ¡Es una mano completa de anillos de campeón e incluso más!

3. Ed Reed, que jugó la mayoría de su carrera con los Baltimore Ravens, tiene el récord de más yardas de retorno de intercepción con 1.590.

4. Walter Payton recibió el Premio al Hombre del Año de la NFL en 1977. Poco después de su muerte en 1999, el premio fue renombrado en su honor. Es un premio honrando el trabajo de voluntariado y caridad, así como la excelencia de un jugador en el campo.

5. Deion Sanders es uno de los pocos atletas que ha jugado al fútbol americano profesional y al béisbol profesional en la NFL y la MLB contemporáneas, ¡pero es el único atleta que ha jugado tanto en el Súper Bowl como en la Serie Mundial!

GLOSARIO

balón suelto – Un fumble, cuando un jugador llevando el balón lo deja caer o está quitado de las manos de un golpe.

concusión – Una concusión es una lesión del cerebro. Ocurre cuando un golpe en la cabeza causa que el cerebro se mueva violentamente dentro del cráneo.

intercepción – Un pase atrapado por un jugador defensivo.

motivos – Las razones de una persona para hacer algo.

quarterback – El jugador ofensivo, el mariscal de campo, que tiene la responsabilidad principal de pasar o poner el balón en las manos del corredor.

recuperar – Ganar posesión del balón después de un balón suelto.

síntomas – Señales indicando que alguien no está bien o está enfermo.

touchdown – Una anotación de seis puntos cuando un jugador cruza la zona de anotación del equipo contrario.

RESPUESTAS

1. c   2. b   3. c   4. b   5. d   6. a   7. c   8. b   9. d   10. a

RECURSOS DE INTERNET

Booklinks
NONFICTION NETWORK
FREE! ONLINE NONFICTION RESOURCES

Para aprender más sobre el fútbol americano, la honestidad, y la responsabilidad, visita a **abdobooklinks.com**. Estos enlaces son monitorizados y actualizados rutinariamente para proveer la información más actual disponible. Los recursos de internet están en inglés.